Jahresringe

Macht macht zwar mächtig –
aber nicht übermächtig

Gunter Merkel

Jahresringe

Bibliografische Information der Deutschen Nationalbibliothek:
Die Deutsche Nationalbibliothek verzeichnet diese Publikation in der Deutschen Nationalbibliografie; detaillierte bibliografische Daten sind im Internet über
< http://dnb.d-nb.de > abrufbar.

Bildgestaltung: Gunter Merkel 2006
Herstellung und Verlag: Books on Demand GmbH, Norderstedt
ISBN 978-3-8334-6517-8

Inhalt

Jahresringe

»Am Brunnen vor dem Tore,
da steht ein Lindenbaum.
Ich träumt in seinem Schatten
so manchen süßen Traum …«.

Die romantischen Zeilen dieses schönen deutschen Volksliedes lassen uns ahnen, dass jenseits des rationalen Lebens noch eine völlig andere Welt auf uns wartet – die Welt der bunten Träume und der heimlichen Wünsche.
Sie lockt uns immer wieder mit ihren schillernden Seifenblasen der Fantasie aus den eingefahrenen Gleisen der Alltagswelt und animiert uns zu gedanklichen Reisen in ein Traumschloss über den Wolken. Aber leider schaffen es diese zarten Gebilde oft gar nicht mehr bis dorthin, weil sie schon vorher an den Spitzen Dornen der rauen Wirklichkeit zerplatzen und danach im tiefen Brunnen des Alltags versinken.
Was können wir für sie tun, damit sie ungestört ihr Ziel erreichen? – Vielleicht hilft uns bei der Beantwortung dieser Frage sogar der alte Lindenbaum weiter, wenn wir uns mit seiner Symbolkraft verbünden. Als Wegbegleiter der Menschheitsgeschichte hat er schon Jahrhunderte mit seinem dichten Blätterdach überspannt. Während dieser langen Zeit haben ihm Generationen von Menschen heimlich ihre Freuden und Nöte anvertraut, die er als geduldiger Beichtvater stets wohlwollend mit dem sanften Rauschen seiner Blätter kommentiert hat. Warum sollte er also ausgerechnet in der heutigen Zeit seine wohltuende Wirkung nicht mehr entfalten können?
Alt wie ein Baum zu werden, das war schon immer ein Menschheitstraum. Mit solchen symbolhaften Vergleichen wollen wir uns den eigenen Wünschen nähern, obwohl wir wissen, dass sie manchmal hinken wie zwei unterschiedlich lange Beine. Doch das stört uns kaum. Wir filtern eifrig Unterschiede und Gemeinsamkeiten heraus, um so die eigene Position im Leben besser erkennen und darstellen zu

können. Bäume eignen sich besonders gut dafür, weil sie mit ihren jahreszeitlich bedingten Veränderungen von jeher den Rhythmus des Lebens verkörpern. Ihre Wertschätzung gipfelt darin, dass man Menschen danach beurteilt, aus welchem Holz sie »geschnitzt« sind. Als »Stammbäume« sind sie sogar Träger ganzer Dynastien. Ihre Wurzeln garantieren eine starke Erdverbundenheit und ermöglichen neben einem guten Wachstum auch die Ausbildung von ständig neuen Lebenszeichen – bei Bäumen wie bei Menschen. Beide sind fest mit ihrem gemeinsamen Lebensraum verbunden und müssen sich auf ständig wechselnde Bedingungen einstellen.
Leichtfertigkeit, Achtlosigkeit oder Übermut zerstören das komplizierte Zusammenspiel dieser Gemeinschaft. Schon unsere haarigen und pelzigen Vorfahren lebten im Einklang mit der Natur. Bis heute ist sie ein wichtiger Teil unseres Lebensraumes geblieben und gibt uns immer das zurück, was wir in sie investieren. Das wird jedoch leider immer weniger, weil wir aus mangelnder Weitsicht zu sträflich mit ihr umgehen und selbst die alarmierendsten Anzeichen achselzuckend beiseite schieben. Wenn das so weiter geht, dann ist diese lebenswichtige Oase in absehbarer Zeit für uns verloren, weil sie inzwischen von den Trümmern unserer eigenen Dummheit verschüttet worden ist.
Wächst ein Baum allein heran, dann nutzt er seinen Freiraum aus und reckt sein ebenmäßiges Astwerk stolz in alle Richtungen. Er wird zu einem Symbol für Schönheit, Macht und Stärke. – Ist er dadurch aber nicht auch ungeschützter gegen alle Witterungseinflüsse?
Auf dem kargen Boden eines steinigen Berghanges müht sich dagegen dicht aneinandergedrängt eine größere Gruppe

von Bäumen um ihr Wachstum. Die Stämme sind nur halb so hoch und auf der Suche nach dem Licht auch ziemlich krumm geraten. Ihnen ist der Mangel anzusehen. – Doch ihr Holz ist hart und widerstandsfähig, weil sie der Natur ihr Dasein abtrotzen müssen.

Dann ergänzen auch noch einige exotische Gewächse in streng behüteten und gepflegten Parkanlagen oder beheizten Gewächshäusern den Artenreichtum. Sie werden oft gewaltsam in eine artfremde Wachstumsform gezwungen. – Mit dem äußeren Glanz können sie zwar ihre Hilflosigkeit übertünchen, in Wirklichkeit sind sie aber äußerst anfällig, weil sie abhängig sind.

Die Vielfalt der Arten und Formen wird ebenso wie bei uns Menschen erst in ihrer Gesamtheit richtig überschaubar. Unsere Augen sind dabei der erste Gradmesser für die Beurteilung solcher Wahrnehmungen und verleiten den Kopf manchmal zu vorschnellen Einschätzungen. Sie lassen sich von einer rissigen Borke ebenso täuschen wie von glatter Wohlgefälligkeit, denn die wesentlichen Erkennungsmerkmale sind vor den lüsternen Blicken im Inneren verborgen und nicht für jeden zugänglich. Aus diesem Grund sollten wir sie auch nicht ständig gewaltsam ans Tageslicht zerren, sondern ihnen Zeit für ihre Entfaltung lassen. Dann zeigen sie sich von selbst. Bei den Bäumen sind es die Jahresringe im Inneren des Stammes, die alle Informationen und Erfahrungen speichern. Ihre runden Formen haben auch in unserem Leben als Spiegelbild der Zeit eine symbolische Bedeutung. So ist zum Beispiel der Ehering ein Zeichen der Verbundenheit von zwei Menschen, während der Begriff »Freundeskreis« eine größere Gruppe bezeichnet. Augenringe sind ein Ausdruck von Verletzlichkeit und Schwimmringe um die Hüften ein Anzeichen für Sorglosigkeit. Ringe in Nasen, Ohren oder an Intimstellen sind für der Spaß gedacht. An Füßen und Handgelenken sind sie als fesselnde Vertreter ihrer Art eher nicht ganz so lustig. Alle geben sie aber Auskunft über eine bestimmte Lebenssituation.

Wenn wir einen Menschen richtig beurteilen wollen, dann können wir ihn nicht einfach zerteilen wie einen Baum, um nach den Zeichen seines Lebens zu forschen. Er gibt aber trotzdem ungewollt eine Menge Informationen preis, die ihn erkennbarer machen und Schlussfolgerungen auf sein Leben zulassen.

Wer sich dabei etwas Mühe gibt, kann so vielleicht die kleinen Narben aus Kindertagen, schlecht verheilte seelische Wunden oder versteckte Splitter des Alltagsgeschehens entdecken. Sogar Kratzspuren am Lack der Persönlichkeit und Beulen von den Hammerschlägen des Schicksals sind dann zu erkennen. Auch der Glanz von glücklichen Stunden und Tagen bleibt natürlich nicht verborgen.

Das sind dann die »Jahresringe« von uns Menschen, die auf ihrer Zeitreise alles registrieren und damit ein Bild von unserer Persönlichkeit zeichnen. Es setzt sich wie ein Mosaik aus vielen kleinen Bausteinen zusammen, wobei jedes einzelne Teilchen ein unverwechselbarer Bestandteil unserer Identität ist. Je mehr wir davon in den Erinnerungen wiederfinden, desto deutlicher wird auch unser Abbild im großen Spiegel des Lebens, das im Hintergrund noch von ständig wechselnden Kulissen mit Bildern aus dem persönlichen und gesellschaftlichen Umfeld ergänzt wird. Mal fallen sie freundlich aus, dann sind sie wieder Ungetüme, vor denen man sich fürchten muss. Es liegt aber immer an uns selbst, ob wir vor solchen oft nur flüchtigen Zeiterscheinungen kapitulieren

oder ihnen unsere persönlichen Ziele abringen. Letzteres funktioniert jedoch nur dann, wenn wir die Wechselspiele der Macht nicht einfach hinnehmen, sondern uns kritisch mit ihnen auseinandersetzen.
Weil Politik von Menschen gemacht wird, ist sie wie diese auch Irrtümern und Fehlern unterworfen. Solche Fehlhandlungen beeinflussen oft für längere Zeit das Geschehen und können nur mit großem Aufwand wieder korrigiert werden.
Das bekam auch der symbolhafte alte deutsche Lindenbaum zu spüren. Seine schweren Wunden aus dem verheerenden zweiten Weltkrieg begannen gerade zu vernarben und die lädierten Äste trieben wieder vorsichtig das erste zarte Grün aus, als die Macht der Politik erneut sein Wachstum beeinflusste. Sie teilte die Zweige gewaltsam in der Mitte des Stammes und zwang sie, in entgegengesetzter Richtung weiter zu wachsen. Erst nach vielen Jahren der Trennung neigten sie sich wieder einander zu und berührten sich vorsichtig. Nun bilden sie hoffentlich bald wieder eine dichte Krone und lassen den Baum in alter Schönheit erstrahlen.
Dieser gesellschaftliche Wachstumsvorgang verdeutlicht auch, was Politik und Bäume miteinander zu tun haben. – Einige »Holzköpfe« aus der einen oder anderen politischen Partei können diesen Zusammenhang sicherlich ebenfalls nachvollziehen.
Die folgenden politisch gefärbten »Baumgeschichten« sind ein individueller Streifzug durch den heimatlichen »deutschen Mischwald« mit seinen Licht- und Schattenseiten. Sie sind all den Menschen gewidmet, die trotz vieler persönlicher oder gesellschaftlicher Unwegsamkeiten dem Leben immer wieder eine heitere und optimistische Seite abgewinnen können.

Das grüne Reich

Vertauschen wir den dumpfen Zwang
der emsigen Geschäftigkeit
mit sanfter Waldesstille,
erlöst sie uns mit Leichtigkeit
vom Druck der engen Alltagshülle.

Neue unbekannte Kräfte
übernehmen dort die Macht
und kitzeln uns die Sinne wach,
die dann befreit nach oben steigen
bis unters dichte Blätterdach.

Ein duftgetränkter grüner Umhang
aus segensreicher Waldesfülle
macht alle Menschen wieder gleich
und selbst die dünkelhafte Eitelkeit
verliert sich schnell in diesem Reich.

Gar heiter ist die Melodie
und wird zum treuen Wegbegleiter
bei dem angenehmen Gang
durch mitteilsames Waldesrauschen
und trällernd hellem Vogelsang.

Diese zauberhafte Weise
beflügelt unseren Wanderschritt
und stimmt uns froh beschwingt,
weil sie befreit von starren Zwängen
wie ein Freiheitslied erklingt.

Im Nebelwald der Gedanken

Unsere Gedanken sind manchmal eigenwillige kleine Biester, die nicht immer den geradlinigen Weg zum angestrebten Ziel einschlagen wollen. Sie verschleppen uns häufig erst über holprige Umwege in einen halbdunklen Nebelwald und lassen uns dort mit unseren Vorhaben allein. Aus diesem dichten Geflecht von wildwachsendem Gestrüpp ist dann der schmale Pfad zur hellen Lichtung der Erkenntnis oft nur schwer zu finden.

Im Märchen hatten Hänsel und Gretel zur besseren Orientierung Brotkrumen ausgestreut. Aber wie wir wissen, wurden sie von den hungrigen Vögeln des Waldes aufgepickt. Deshalb verirrten sie sich auch und landeten prompt bei der bösen Hexe.

Was sind nun unsere Brotkrumen zur Orientierung, wer nimmt sie uns immer wieder weg, damit wir uns ständig neu orientieren müssen und vor allem, wer ist wohl unsere böse Hexe im Leben? – Fragen über Fragen. Sie sind zwar nicht immer bequem, erleichtern aber unsere Entscheidungen, wenn wir die richtigen Antworten darauf finden.

Wir Menschen bezeichnen uns selbstgefällig gern als die Krone der Schöpfung, weil wir uns zumindest in den meisten Fällen durch die Fähigkeit des Denkens von anderen Lebewesen unterscheiden und unsere sensiblen Gedanken sogar noch mit Hilfe der Sprache ausdrücken können. – Na, hoffentlich stimmt diese Theorie auch wirklich, denn wir haben ja oftmals schon mit relativ einfachen Dingen des täglichen Lebens so unsere Probleme.

Trotzdem reiht man sich als Autor mutig in die lange Schlange der »Dichter und Denker« ein. Doch hier beginnt die erwähnte »Krone« auf dem stolzen Dichterhaupt manchmal schon zu drücken, weil man eben oft nur denkt, ein Dichter zu sein. – Der angestrebte »Aha-Effekt« lässt auf sich warten! Er liegt nämlich nicht so einfach im Fundbüro bereit, sondern versteckt sich gern hinter dem Kleinkram des Alltags und dem geschäftigen Trubel unseres Lebens. Dort muss er erst mühevoll gesucht und hervorgezerrt werden, was stets eine Menge puren Dichterschweiß kostet. Dann kommt auch noch die Qual der Wahl dazu.

Soll nun wegen der vielfältigen Einflüsse der Politik auf alle Lebensbereiche ein Politthriller, Abenteuerroman, Krimi oder eine Sexschnulze entstehen, wird durch die vielen »Lämmchen«, die sich vor dem »bösen Wolf« fürchten und ihren Verwandten, den »schwarzen Schafen«, vielleicht eine Tiergeschichte daraus oder ergibt sich auf Grund der vielen »Außerirdischen« in der Gesellschaft sogar eine Episode mit utopischem Inhalt?

Entsteht am Ende wegen der vielen lustigen »Rattenschwänzchen«, die bei einer humoristischen Betrachtungsweise allen Geschehnissen anhaften, etwa eine humorvolle Geschichte? Möglicherweise sind es ja auch die großen Gefühle, eigene Gedanken, Wünsche und Träume über die man etwas schreiben sollte? – Das ist alles nicht so leicht zu entscheiden.

Dabei ist auch noch anzumerken, dass der Erfolg nicht nur vom Eifer des Schreibers abhängt, sondern auch davon, ob sich die »Muse« als Göttin der Künste überhaupt für dich interessiert oder im Ausnahmefall vielleicht sogar küsst. Sie ist nämlich äußerst launisch und knutscht nicht so einfach mit jedem rum. Man kann schon froh sein, wenn sie einem wenigstens mal kurz zuwinkert. – Eine

Frau eben! Was soll man ihr ins Ohr flüstern, damit sie beeindruckt ist?
Könnte die hohe Schule der Kochkunst ein gängiges Thema für sie sein? Unabhängig davon, ob es ein schnelles Gericht mit Tempolinsen ist oder eher ein geruhsames mit Weinbergschnecken – das Kochen steht im weiblichen »Köchelverzeichnis« meistens ganz weit oben. Es wird von ihnen manchmal sogar strategisch eingesetzt, wenn sie über den Magen einen männlichen Empfänger anpeilen wollen. Mit diesem kleinen Umweg ist er oft sogar besser zu erreichen als auf dem direktem Weg.
Wenn die Mädels nicht gerade wieder einmal fasten, weil sie ihre Problemzonen zu sehr beunruhigen, dann lassen sie sich auch gerne mal zu einem stilvollen Essen in ein gepflegtes Restaurant ausführen. Auf diese Weise kann man der holden Weiblichkeit eventuell sogar einen verheißungsvollen Augenaufschlag entlocken oder ein tiefgründiges Lächeln ins Gesicht zaubern. Doch beides verflüchtigt sich am Ende manchmal auch schnell wieder, weil die Rechnung aus ihrer Sicht nicht »gastronomisch angemessen«, sondern eher »astronomisch hoch« ausgefallen ist. Da »kocht« sie das nächste Mal doch lieber nicht mehr als Gast, sondern wieder selbst am heimischen Herd. Aber auch beim Ausprobieren von neuen Kochrezepten kann es leicht zu ungeahnten Komplikationen kommen. – »Man nehme den Schnee von zwei Eiern!« – Ich bitte Sie, welcher Mann setzt schon freiwillig seine Heiligtümer einem Schneesturm aus. Das ist vollkommen unrealistisch. Also suchen wir weiter nach geeigneteren Themen.
Wie wäre es beispielsweise mit Geistern und ihren gruseligen Spukgeschichten? Mit solchen vielfältigen gespenstigen

Erscheinungsformen ist es manchmal sogar möglich, die häufig auftretenden kleineren oder größeren Ungereimtheiten in unserem Leben wenigstens halbwegs erklärbar zu machen oder sogar zu entschuldigen. – »Ich kann überhaupt nichts dafür. Da waren höhere Mächte im Spiel!« – Ein guter Versuch, den auch schon etliche Politiker erfolglos unternommen haben, denn das Misstrauen der Menschen nimmt immer mehr zu. Mit Recht – schließlich sind wir schon oft genug »veräppelt« worden.

Dabei gibt es sie wirklich, die guten und bösen Geister aller Schattierungen. Die richtig guten werden leider immer seltener, weil sie es versäumt haben, rechtzeitig für Nachwuchs zu sorgen. Und die Fördermaßnahmen durch die großen Geister greifen auch nicht genug. Dafür vermehren sich die bösen ungestört, besonders die Quälgeister in Form von lästigen Insekten und penetranten Mitmenschen. Sie greifen die braven Bürger hinterrücks an, setzen sich in ihren Körpern fest und nehmen alle guten Vorsätze als Nahrung für ihre gierige Brut. Die Betroffenen sind dann endgültig von allen guten Geistern verlassen und oft übernimmt dafür der Weingeist die freigewordenen Räume. Er hält den Einsamen die Treue, denn das bisschen Essen lässt sich auch ganz gut trinken. Das ist sogar mit »Hartz-IV« zu schaffen.

Da bietet sich auch gleich das nächste Themengebiet an – die böswilligen Machenschaften von Teufel Alkohol! Er hat seine hörigen Untertanen fest im Griff und verschafft ihnen jede Menge Gelegenheiten, um ihm die Treue zu beweisen. Eine davon ist beispielsweise der Vatertag, der im Wonnemonat Mai auch fälschlicherweise als Herrentag oft recht unwürdig begangen wird. Neuerdings gibt es für die Liebhaber solcher feuchtfröhlichen Ereignisse sogar einen

zusätzlichen Gedenktag – den »Tag des deutschen Bieres«. Da kann jeder endlich mal richtig viele Gläser leeren, ohne mit »schiefen Blicken« bedacht zu werden. Die ergeben sich dann allerdings zwangsläufig von selbst, wenn das Fassungsvermögen falsch eingeschätzt worden ist. Dieser Tag wurde extra von der rührigen Getränkeindustrie ins Leben gerufen, damit bei den Durstigen kräftig der »Schaum« abgeschöpft werden kann. Das vielgepriesene deutsche Reinheitsgebot wirkt sich in diesem Zusammenhang aber nicht unbedingt auch günstig auf das Gewissen und die Kleidung der Zechbrüder aus, denn beides wird bei der schwankenden Tour durch die Kneipenlandschaft doch arg strapaziert. Am Ende leidet manchmal sogar der feste Arbeitsplatz darunter, weil ihnen aus alter Gewohnheit der wacklige Stammtisch besser gefällt. Dieses Gebiet lassen wir am besten links liegen und wenden uns anderen Dingen zu.
Was hätten wir denn noch im Angebot? – Ach ja, Sport! Dieses Themengebiet ist äußerst beliebt und auch sehr vielseitig. Neben der mehr oder weniger positiven gesundheitlichen Wirkung bietet diese Art der Betätigung auch noch ganz andere Ansatzpunkte. Sie schafft zum Beispiel für das Volk immer wieder neue Helden und lenkt es so von den desolaten Zuständen im Staat ab.
Greifen wir doch einmal aus dem reichhaltigen Angebot eine spielerische Form heraus, die wie keine andere die Volksseele zum Kochen bringt, die viele Menschen in ihren Bann zieht, aber einigen auch seltsam und verwirrend erscheint – »König Fußball«! Er hat trotz seines Adelsstandes auch handwerklich eine ganze Menge zu bieten. Wenn die Akteure zum Beispiel einen »Faden« oder »Hammer« in Richtung des Tores loslassen, ihren Gegenspieler in die

»Zange« nehmen, ihn »klammern« oder »fest machen«, dann können sich sogar die Zuschauer beim »Anfeuern« zumindest gedanklich den Schweiß von der Stirn wischen. Auch wenn von »Mauern« oder einer Abwehr aus »Beton« die Rede ist, so klingt das für Laien nach einer harten Männerarbeit. Ganz sicher haben aber auch viele Frauen Gefallen daran gefunden – zumindest praktizieren sie dieses taktische Verhalten öfters in den heimatlichen Schlafzimmern aus. Also kann dieses Spiel sogar erotische Züge annehmen. Das passiert vor allem immer dann, wenn im Fußballchinesisch von einer »hängenden Doppelspitze«, einem »harten Manndecker« oder gar von einer »sattelfesten kollektiven Deckung« gesprochen wird.
Die arglosen Zuschauer können bei diesem Sport auch zeitweilig glauben, mitten in eine kriegerische Auseinandersetzung geraten zu sein, weil das »gegnerische Abwehrbollwerk« von den Gladiatoren der Neuzeit mit »knallharten Schüssen, Riesenbomben« oder »mächtigen Granaten gestürmt« und mit immer neuen ausgeklügelten »Strategien und Taktiken« überlistet wird. Da wir vom Krieg aber alle die Nase gestrichen voll haben, könnte man ja auch etwas über eine sanftere und erotischere Art der Freizeitgestaltung schreiben, die übrigens sehr variantenreich sein kann.
Ist die unnahbare Göttin der Künste vielleicht mit einer schnulzigen Liebesgeschichte zu beeindrucken, die zwar weit am wirklichen Leben vorbei schwebt, aber irgendwie doch unser Innerstes seltsam berührt und die heimlichen Wünsche beeinflusst? Oder sollen es ganz normale Beziehungsgeschichten aus dem täglichen Leben sein? Interessant könnten eventuell auch humorvolle Abhandlungen werden,

die sich hinter einschlägigen Zeitungsannoncen verstecken und unsere Fantasien beflügeln.
Wer verbirgt sich beispielsweise hinter süßen kleinen Mäuschen, die nach einem strammen Kater schreien, wer sind die frisch importierten Rassekätzchen, die zum Schmusen einladen und wie sehen die exotischen Schokoladenengel aus, die ihre Dienste anpreisen?
Wissenswert wäre es natürlich auch, wer die unausgefüllten Hausfrauen mit viel Zeit aus unserer Nachbarschaft sind, die als »Dominas« in einer lukrativen »Ich-AG« ihre ehelichen Gewohnheiten in bare Münze verwandeln. Selbst wild gewordene Omas sind sich dafür nicht zu schade und möchten auf diese Weise ihre kärgliche Rente aufbessern. Selbstverständlich mischen in diesem Reigen auch männliche Akteure sowie undefinierbare Geschlechtswesen munter mit und wollen ihren Teil davon abhaben. – Arbeit ist eben vielseitig definierbar und soll ja laut Sprichwort auch nicht schänden.
So weit – so gut, oder auch nicht! Zum Glück gibt es auch noch andere gedankliche Ansatzpunkte, die für eine literarische Verarbeitung lohnenswert sein könnten.
Wenn gar nichts mehr geht, kann man sich ja immer noch über das Wetter auslassen. Es ist allgegenwärtig – ringsum nichts wie Wetter! Also braucht man nur einen Blick aus dem Fenster zu werfen und sieht sofort, ob Wolke sieben undicht ist und die Sonne in Strömen scheint.
Noch schlimmer ist es, wenn das Politbarometer solche ermüdenden Wetterkapriolen voraus sagt. Da werden dann etliche »windige Gesellen« mit stürmischem Applaus bedacht, sodass beim Aufschreiben solcher Ereignisse manchmal ein echter »Schauer-Roman« daraus wird.

Diese literarische Gattung führt uns dann sofort zu anderen Schauplätzen – den zahlreichen Bühnen des politischen Kabaretts! Dort werden von oft nur mittelmäßigen Schauspielern, die sich als schillernde Akteure verkleiden und mit auswendig gelernten Texten vorgegebene Rollen spielen, makabere Possenspiele aufgeführt.
Das kritische Publikum pfeift zwar manchmal, wenn ihnen etwas nicht gefällt, aber mitspielen dürfen sie nicht. Wenn die Zuschauer eine Verbindung zu diesen eigenwilligen Darstellern herstellen wollen, müssen sie wie beim Telefonieren oft eine Null wählen und erhalten dann trotz der angeblichen Freisprechanlage nur selten einen geeigneten Draht zu den Volksschauspielern. Oder es kommt erst gar keine Verbindung zustande, weil sie sich total verwählt haben. Die Kosten trägt der Wähler am Ende sowieso und muss sich dazu noch eine Menge Versprecher oder faustdicke Lügen anhören.
Damit sind wir auch schon mitten im Leben angekommen, wo größere oder kleinere Unwahrheiten mittlerweile schon zum Tagesgeschäft gehören. Sollte man vielleicht darüber etwas schreiben? – Nehmen wir als kleines Beispiel einen Anruf beim Finanzamt, wo neuerdings auch die Rentner zu einem Offenbarungseid gezwungen werden sollen. Wenn man dort zur Klärung einiger Fragen anruft, dann meldet sich meistens eine amtlich gefärbte Stimme mit der Begrüßungsfloskel: »Finanzamt, guten Tag! Was kann ich für Sie tun?« – Das sind doch gleich zwei Lügen auf einmal!
Am Telefon fließen die Lügen sowieso leichter aus dem Mund, weil man den Gesprächspartner nicht vor den Augen hat und deshalb nicht so schnell verlegen wird.

Bei speziellen Rufnummern zum Beispiel, die nicht unbedingt etwas mit christlicher Seelsorge zu tun haben, säuseln, flöten, hauchen oder stöhnen erotisch klingende Frauenstimmen aufreizende Botschaften in den Hörer. – Auch alles Lüge! In Wirklichkeit sitzt am anderen Ende der Leitung eine strickende Oma in einer Kittelschürze und macht sich heimlich über ihre Zuhörer lustig. – Jedem das Seine und Betrug für alle.
Eine ganz andere Version der gepflegten Kommunikation bietet uns dagegen ein Untergebenenverhältnis. Da kann es passieren, dass bei einem Telefonat jemand kurz und bündig »Meier!« in den Hörer bellt und damit sofort eine akustische Barriere aufbaut. Das ist zwar nicht ganz so toll, aber Meier ist der Chef – der darf das.
Apropos »Chef« – meiner ist die Familie. Meine seelischen Ergüsse durchlaufen in der Regel erst mal eine familiäre Zensur und ziehen öfters einen schmerzhaften Eingriff in die dichterische Freiheit nach sich. – »Das kannst du so nicht schreiben!«, tönt es da manchmal. – Na, wer weiß, wozu das gut ist!
Grundsätzlich sollte eigentlich jeder mit seinen eigenen Auffassungen selig werden. Doch manchmal erreicht man als Autor auch mit der Darstellung seiner persönlichen Erlebnisse, Erfahrungen und Ansichten, dass die Leser durch Vergleiche mit dem Geschriebenen verschiedene Denkanstöße erhalten und sich so selbst besser positionieren können. Deshalb ist es wohl auch nicht verkehrt, wenn ich auf diese Weise etwas vom bunten Allerlei des Lebens mit seinen umfangreichen politischen Schattierungen in den literarischen Blätterwald hinein rufe und darauf hoffe, dass von dort auch wieder ein ordentliches Echo zu mir zurück schallt.

Ich verstehe mich dabei als Poet des Alltags, der mit einer ganz persönlichen Sichtweise aus humorvollem Sarkasmus und ironischer Selbsterkenntnis verschiedene auffällige Zeiterscheinungen unter die Lupe nimmt und kommentiert.
Ob das den Lesern oder auch der dafür zuständigen Musengöttin gefällt, bleibt abzuwarten. Heute werden ja häufig nur diejenigen beachtet, die mit viel Getöse und abartigen Auffälligkeiten ins Licht der Öffentlichkeit drängen. Leisere Töne verhallen dagegen oft ungehört. Schon deshalb ist es einen Versuch wert, das herauszufinden.
Leider gehen unsere Gedanken oft viel zu leicht verloren – wie alles im Leben, was wir nicht festhalten. Deshalb gilt auch heute noch als Faustregel, was schon die »Jungen Pioniere« in der DDR als Antwort auf den Gruß »Seid bereit!« erwiderten: – »Immer bereit!« ertönte es da vielstimmig aus ihren Kehlen.
Das bedeutet für einen eifrigen »Schreiberling«, dass er immer gut aufpassen und gedanklich zur Stelle sein muss, wenn Frau »Muse« mal einen guten Tag hat und in Stimmung ist. Sonst ärgert er sich genau wie alle anderen Menschen ein Leben lang über verpasste Gelegenheiten.

Musenküsse

Ein alter Freund, der wollte wissen,
wie das so ist mit Musenküssen.
Aus Erfahrung, sagte ich,
sind sie wie ein Wespenstich,
manchmal flüchtig wie der Wind
oder bockig wie ein Kind,
mal sind sie neckisch oder hold,
glänzen wie pures Dichtergold.

Meine Muse küsst sporadisch,
aber dafür wild ekstatisch.
Wie in solchen Fällen üblich,
säuselt sie verlockend lieblich
und löst Betriebsamkeiten aus –
am Ende wird ein Buch daraus.

Das Wurzelwerk des Lebensbaumes

Das ratternde Getriebe der lauten Zeit überflutet uns ständig mit einer erdrückenden Fülle von akustischen Reizen, die den gesamten Körper in eine nervöse Hab-Acht-Stellung versetzen. In diesen Lärmcocktail stimmen in regelmäßigen Abständen auch zusätzlich noch meine inneren Alarmglocken mit ein. Zum Klingen gebracht werden sie von den ungeduldigen »Jahresringen« und kündigen mir lautstark ein neues Lebensjahr an. Weil das bei mir immer genau mit dem Beginn eines neuen Kalenderjahres zusammenfällt, verliert es durch die alles übertönende Geräusch-

kulisse der Silvesterböller und Neujahrsglocken rasch seine Besonderheit. Das ist ein guter Grund, um das Altern zu negieren. Trotzdem ist es häufig ein Anlass für mich, wieder einmal im Wurzelwerk der Vergangenheit nachzuschauen, wie weit es noch bis in die Gegenwart reicht.

Der prüfende Blick über die Schulter verfängt sich dabei meistens zuerst im dichten Unterholz der Kindheit. Aus diesem wirren Gestrüpp der Nachkriegszeit mussten sich unsere Lebensbäumchen damals mühsam herauskämpfen, damit sie ihre ersten zarten Jahresringe ausbilden konnten. Elternhaus und Schule halfen dabei so gut sie konnten, doch die kargen Lebensbedingungen bremsten diesen Prozess.

Mein Lebensbaum wuchs wie fast alle in dieser Zeit nicht in einem Märchenwald heran, sondern in einem ganz normalen sächsischen Mischwald. – Einer von vielen, nicht ganz gerade, aber auch nicht krumm, dafür zäh und widerstandsfähig. Ein verzweigtes Wurzelsystem ernährt ihn und verankert ihn fest im heimatlichen Boden. – Bodenständiges Nutzholz!

Wenn wir uns im Leben immer wieder auf unsere Wurzeln besinnen, können wir daraus die Kraft und Stärke entnehmen, die wir für die Entfaltung unserer eigenen Möglichkeiten brauchen. Dann sprießen sogar noch aus den knorrigsten Ästen neue Knospen und Blüten mit individuellen Fantasiegebilden, die unser Erscheinungsbild bereichern.

Trotzdem kann niemand verhindern, dass sich im Laufe der Jahre die scharfen Zähne des Lebens durch die krustige Borke des Stammes nagen und bis ins Innerste vordringen. Aus den gut gefüllten Speichern der Jahresringe setzen sie dabei immer neue Späne voller Gedanken, Gefühle, Erinnerungen und Erfahrungen frei. Diese persönlichen Sendboten

überlassen sie dann dem Wind, der sie mit sich nimmt und anderen Menschen ins Ohr raunt.
Die längste Reise haben dabei die frühen Erinnerungen aus der Kindheit zurückzulegen. Wenn wir an diese erste Lebensphase zurückdenken, dann erkennen wir sicher nur Bruchstücke und Fragmente des Unterbewusstseins, die wie vereinzelte Felsen aus der Brandung ragen. Ihr wahrer Zusammenhang bleibt uns meistens verborgen, weil er unter den brodelnden Wassermassen der Selbstfindung nur schwer zu erkennen ist. Erst im Laufe der Zeit ahnen wir die geheimnisvollen Verbindungslinien, die unser persönliches und gesellschaftliches Umfeld miteinander verschmelzen. Die ersten Eindrücke haben uns auch manchmal genarrt, weil sie von der kindlichen Naivität falsch eingeordnet wurden. So kam es häufig zu Missverständnissen, die wir als Ballast lange mit uns herumschleppen mussten. Erst die wirklichen Schlüsselerlebnisse haben sich fotografisch genau in unserem Gedächtnis verankert, verweilen dort zeitlos und sind immer wieder abrufbar. Sie erscheinen uns oftmals deutlicher als die Geschehnisse der unmittelbaren Vergangenheit, weil die uns oft nicht genügend Zeit für solche deutlichen Momentaufnahmen lassen und schon gar nicht für eine genaue Einordnung. Deshalb hinterlassen sie auch kaum brauchbares Bildmaterial.
Die ersten Erfahrungen haben uns wie Münzen geprägt, deren unterschiedliche Seiten gleichermaßen als Währung für das Leben dienen. Die jeweils sichtbare Seite verdeckt für eine gewisse Zeit immer die andere. Weil wir aber wissen, dass sie vorhanden ist, können wir sie zu jeder Zeit auch wieder umdrehen. Wir müssen es nur wollen.

Lebensräume

Ein starker Baum in voller Reife
preist seinen Früchtereichtum an,
damit aus diesen Lebensspendern
etwas Neues wachsen kann.

Der Samen fällt in feuchtes Moos,
entfaltet emsig seine Kraft
und nährt damit den jungen Trieb,
damit er es nach oben schafft.

Neben ihm ist gleiches Mühen
und ein Schieben und Gedränge,
doch ihre Zweiglein stützen sich
in dieser Lebensenge.

Gemeinsam drängen sie empor,
gelenkt vom Ziel der Höhe,
dabei wird langsam hinderlich
die allzu große Nähe.

Schlichtend greift das Leben ein
und lichtet diese Reihen,
verbessert so den Lebensraum
zum Wachsen und Gedeihen.

Jeder sucht den Weg zur Größe
und reckt sich hin zum Sonnenlicht,
das mit seinen Strahlenfingern
durch das Dach der Blätter bricht.

Es weist dem Lebenssaft den Weg,
der durch die Jahresringe fließt,
bis hin zum kleinsten grünen Blättchen,
das in den höchsten Wipfeln sprießt.

Feste Wurzeln sind der Grundstein
für das Ziel des ganzen Strebens,
sie geben Sicherheit und Kraft
im dichten Blätterdach des Lebens.

Der Froschkönig

Mit den ersten Mosaiksteinchen unserer Erinnerungen sind auch immer bestimmte Menschen verbunden, die uns besonders nahe standen und deshalb auch mehr beeinflusst haben als andere. Von ihnen haben wir die ersten bleibenden Werte übernommen, die unser Wesen bis heute beeinflussen. Deshalb werden sie auch immer ein Teil unseres Lebens bleiben.
Bei mir war eine dieser Bezugspersonen neben meiner Mutter besonders mein Großvater. Er hat einen erheblichen Anteil daran, dass sich bei mir bestimmte Wertvorstellungen ausbilden konnten, die auch in der heutigen Zeit noch ihre Daseinsberechtigung haben.
Mein Opa, der im letzten Drittel des 19. Jahrhunderts geboren wurde, ist für mich wegen seiner Einfachheit, Hilfsbereitschaft und Güte bis heute der Inbegriff von Menschlichkeit geblieben. Eine besondere Magnetwirkung hatten für mich seine abgearbeiteten Hände, die immer irgendwo zupackten und doch so liebevoll über den Kopf streichen

konnten. Wenn sie manchmal sogar anerkennend auf meinen Schultern ruhten, dann ging dabei etwas von seinem Wesens still und leise auf mich über. So hat sich ein Erbteil von soliden Werten und Gepflogenheiten als Brücke über die Zeit erhalten. – Aus solchen Wurzeln stammt ein beträchtlicher Teil unserer Kraft!
Eines der ersten Erlebnisse, an die ich mich bewusst erinnern kann, hat deshalb auch mit meinem Großvater zu tun. Er war ein Freund der Natur und nahm mich gerne auf seine

Wanderungen durch Felder, Wiesen und Wälder mit, wo es für mich immer viel zu entdecken gab.
Mit einiger Bestimmtheit sind es genau solche Kindheitserlebnisse, die uns zu bekennenden »Landeiern« werden lassen und die bewirken, dass wir ein Leben lang einen symbolischen Rechen hinter uns her ziehen. Dieses ländliche Statussymbol wird dann von eingefleischten Stadtmenschen häufig mit herablassendem Spott aber manchmal auch mit einigen neidvollen Blicken quittiert.
Anfangs waren solche Ausflüge in die Natur zwangsläufig noch recht kurz. Sie führten mich an der Hand des Großvaters oft nur bis zu einem wenige hundert Meter entfernten geheimnisvollen Springbrunnen, der von einem großen steinernen Frosch mit einer Krone auf dem Kopf bewacht wurde. Aus seinem geöffneten Maul quoll ständig neues Wasser hervor und plätscherte monoton in das Wasserbecken hinab, das in eine runde Ausbuchtung der Stützmauer aus großen grauen Steinquadern eingebettet war. Dazwischen neigte eine alte Trauerweide ihren Stamm schräg nach vorn über den gesamten Brunnen und bildete in den Sommermonaten mit ihren herabhängenden Zweigen einen dichten Vorhang, der den Raum dahinter in eine schattige Grotte verwandelte. Das dadurch entstandene geheimnisvolle Halbdunkel war von außen nur zu erahnen. – Dieser verborgene Märchenbrunnen war mein erklärtes Traumparadies!
Der Großvater hatte mich auf mein Drängen hin schon einmal auf den Froschkönig gesetzt und mir dabei eine erstaunliche Geschichte erzählt, die Fantasie und Wirklichkeit in meinem Kopf miteinander verquirlten. – Wohin lenkten mich dann also zwangsläufig meine kleinen Trippelschritte, als ich an einem warmen Sommertag barfuß und im Nacht-

hemd heimlich, still und leise der Aufsicht meiner Tante entwischte? – Natürlich deutete der Magier der Kindheit ohne zu zögern sofort auf diesen märchenhaften Ort und geleitete mich dann auch unbehelligt zum Ziel meiner Wünsche.
Ich erinnere mich noch deutlich an den Hauch von Glückseligkeit, als ich völlig durchnässt bäuchlings auf dem Rücken des versteinerten Königs aller Frösche lag, ihm dabei meine Arme vertrauensvoll um den Hals geschlungen und den Kopf seitlich auf seinen Rücken gelegt hatte. Die behäbig in Becken umherschwimmenden Goldfische führten dabei meine Blicke im Wasser spazieren, bis mir durch die überstandenen Anstrengungen allmählich die Augen zufielen und ich in meiner Traumwelt versank. – Auch Helden brauchen schließlich ihre wohlverdiente Ruhepause!
Aus diesem Grund konnten mich auch die aufgeregten Suchrufe meiner Angehörigen nicht erreichen. Erst nach geraumer Zeit, als die besorgten Familienmitglieder bald nicht mehr wussten, wo sie mich noch suchen sollten, kam mein Opa auf die Idee, hinter dem Schleier der Weidenranken nachzusehen. So wurde ich als schlafender nasser Hemdfrosch schließlich doch noch entdeckt und wortreich mit einem schlechten Gewissen belastet. Trost fand ich schließlich in den Armen des Großvaters, dem ich wie dem Froschkönig vertrauensvoll die Arme um den Hals legte, als er mich nach Hause trug.
Solche Erinnerungen sind der Abglanz einer heilen Kinderwelt, die es in der letzten Phase des zweiten Weltkrieges eigentlich gar nicht gab. Doch was wusste ein noch nicht einmal zwei Jahre alter Junge schon von den Ängsten, Nöten und Entbehrungen dieser Zeit. Aber vielleicht war die-

ses kindliche Ausbrechen doch schon eine Spur ins Leben, auf der die Erinnerung noch heute den Weg ins Reich des Froschkönigs zurückfinden kann.
Solche Verbindungslinien zum ganz persönlichen »König der Kindheit« existieren bei jedem. Man muss sie nur manchmal erst wieder sichtbar machen. Wenn das gelingt, dann ermöglichen sie wie alte Fotos einen Rückblick in die Vergangenheit und schmecken für kurze Zeit wieder nach sorgloser Kindheit. Dabei wirken sie wie ein riesiges Trostpflaster, das alle Narben des Lebens gnädig bedeckt. Leider können wir unseren Traumfiguren viel zu selten auf den Rücken klettern und uns dort verstecken. Wenn es uns doch einmal gelingt, dann findet sich bestimmt gleich wieder jemand, der uns dort wieder unsanft herunter zerrt und uns darüber belehrt, dass es so nicht geht. – Das ist nun mal der Preis, den wir in der meist schnörkellosen Welt der Erwachsenen für unsere Erinnerungen bezahlen müssen.

Helfende Hände

Die Kindheit eilt mit schnellem Schritt
und tastet sich ins Leben.
Sie nimmt dabei die Wünsche mit
von allen, die im besten Streben
nach sorgenfreier Wachstumszeit
die Hand gereicht dem jungen Leben.

Zu rasch löst sich der Bund der Hände,
wenn mit Tatendrang erfüllt
der Nachwuchs strebt zu seiner Lebenswende.
Doch selbst getrennt durch Raum und Zeit
verlieren sie nicht ihre Macht
und sind zur Hilfe stets bereit.

Egal wie alt die Kinder sind,
wohin das Leben sie verschlägt,
sie bleiben stets der Eltern Kind,
vor allem auch in solchen Zeiten,
wo scheinbar niemand helfen kann,
weil Sorgen ihren Weg begleiten.

Diese Macht helfender Hände
wirkt magisch wie ein Zauberbann
bis hin zum Lebensende.
Sie ist im Dunkeln unser Licht
auf allen Lebenswegen
und wappnet uns mit Zuversicht.

Der Forstbetrieb im deutschen Mischwald

Ein geregelter Forstbetrieb für Bäume ist im Leben von uns Menschen gleichbedeutend mit der Betreuung in den Familien, in Kindergärten, Schulen und während der Berufsausbildung. Bei beiden wird unter Aufsicht etwas herangezogen, was für die Betreiber später einmal einen Gewinn abwerfen soll. Alles muss sich »rechnen«! Ist es dann ein Wunder, wenn der Nachwuchs selbst berechnend wird?

Wir Menschen sammeln in unserer kontrollierten »Aufzuchtphase« eifrig Erkenntnisse und Erfahrungen, die wir hastig in unsere Sammelbehälter stopfen. In diese gefüllten Schatzkästlein greifen wir später immer dann wieder hinein, wenn wir dem Leben etwas schuldig sind. Was jeder davon auf dem Altar der Gemeinsamkeit für seine Mitmenschen zu opfern bereit ist, muss er selbst entscheiden. Bei zu geringen Gaben darf sich aber keiner wundern, wenn er sich als Außenseiter selbst ins Abseits stellt. Die Ursachen für unsere Verhaltensweisen sind meistens schon in der »Baumschulzeit« zu suchen, wo von den zuständigen »Förstern« bei den jungen Bäumchen gewollte Verzweigungen gefördert und störende Triebe entfernt werden. Oft wird dabei auf individuelle Besonderheiten keine Rücksicht genommen. Manchmal fallen die »Erziehungsschnitte« auch zu drastisch aus oder werden vollkommen falsch ausgeführt, sodass ihre Entwicklung negativ beeinflusst wird.

Bei dieser Problematik gab und gibt es in den einzelnen »Forstverwaltungen« jedoch unterschiedliche Ansichten und Meinungen. Im »DDR-Forstbetrieb« war man zum Beispiel bemüht, alle Bäumchen geordnet in Reih und Glied heranzuziehen, damit bei den regelmäßigen Kontrollen extreme Wachstumsformen von den zuständigen »Forstbeamten« schnell bemerkt und korrigiert werden konnten. Das Ziel war eine Uniformierung des gesamten Bestandes. Ist aber das gegenwärtige Wildwachstum im pädagogischen Urwald dazu eine Alternative? – Vielleicht für ausgewählte Gebiete, jedoch kaum für Nutzwälder. Die brauchen eine kontrollierte Pflege und nehmen Schaden, wenn sie vernachlässigt werden. Dafür interessiert sich meistens kaum jemand, bis plötzlich bei vergleichenden Studien ein Notstand aufgedeckt wird. Dann rauscht es gewaltig im deutschen »Blätterwald« und hastig werden »völlig neue Erkenntnisse« präsentiert, die es zu DDR-Zeiten allerdings schon mal gegeben hat. Davon will natürlich keiner was wissen. Schließlich hat man ja Prinzipien! Anpassen müssen sich die anderen. Sogar Begriffe sind davon betroffen. So wurde zum Beispiel aus der ehemaligen »Weiterbildung« eine »Fortbildung«. – Hoffentlich bedeutet dieses »fort« nicht, dass die Bildung still und leise verschwindet.

BILDUNG – kann man in staatlichen Programmen groß schreiben wie man will. Wenn Form und Inhalt nicht übereinstimmen, dann bleibt dieses Wort nur eine leere Hülle, die den Menschen gewaltsam übergestülpt wird und ihnen die Luft zum Atmen nimmt.

Zum Glück reguliert sich ein robuster »Mischwald« oftmals auch von selbst wieder. Seine Artenvielfalt verkraftet sogar einige Exoten, solange sie den eigentlichen Baumbestand nicht behindern oder verdrängen. Mit Schädlingen, Schmarotzerpflanzen oder mutwilliger Zerstörung wird er allein aber nicht fertig. Dabei braucht er den guten Willen und die Hilfe von uns allen. Wer das beherzigt, dem wird nach Beendigung seiner »Baumschulzeit« ganz sicher kein »Armutszeugnis« ausgestellt.

Traumzeit

Oft forschen wir mit bangem Blick
im großen Buch des Lebens,
ob dort etwas geschrieben steht,
das Auskunft geben kann
vom Sinn des Menschenstrebens.

Dann blättern wir erwartungsvoll
in den vergilbten Seiten
und lassen prüfend unseren Blick
von einer Seite zu der anderen
durch diese Vielfalt gleiten.

Wir suchen emsig nach den Träumen,
die im Alltag uns entweichen
und stöbern im Gestrüpp der Wörter,
das uns die Sicht verdeckt,
nach den erhofften Lebenszeichen.

Die Botschaft ist nur schwer zu finden
im Dschungel schwarzer Schlangenzeilen,
weil wir mit unseren müden Augen,
die der Tag geblendet hat,
nur viel zu flüchtig dort verweilen.

Doch es gibt sie, diese Stelle,
wo die Träume auf uns warten
im Textgewirr der rauen Wirklichkeit,
an der sie dann mit uns vereint
zu neuen Höhenflügen starten.

Die feindlichen Brüder

Es ist mittlerweile schon fast ein alter Hut der Geschichte, dass Mutter »Germania« nach dem zweiten Weltkrieg durch eine schwere Geburt zwei Problemkinder zur Welt gebracht hat, die sich von Anfang an nicht ausstehen konnten. Als Erzeuger sind verschiedene Väter im Gespräch. – Kein Wunder bei diesem Vorleben!

Diese feindlichen Brüder wuchsen räumlich getrennt voneinander auf und hatten auch unterschiedliche Ansichten über ihren künftigen Lebensweg. Sie legten sich sogar andere Namen zu und grenzten sich in allen Bereichen akkurat voneinander ab. Jeder behauptete dabei, der einzig wahre Sohn zu sein und beanspruchte das Familienerbe für sich allein. Um ihre eigene Überlegenheit zu beweisen, versuchten sie sich gegenseitig zu schaden, wo sie nur konnten.

Bei dieser Politik der größeren und kleineren Nadelstiche hatte der westliche Bruder zum Pieksen von Anfang an die größeren Nadeln zur Hand und erzielte damit natürlich auch eine bessere Wirkung als der arme Verwandte im Osten. Bei ihm fielen die beabsichtigten »großen Stiche« wegen akuter Materialengpässe häufig sogar ganz aus. Deswegen musste er sich ersatzweise mit »kleinen ideologischen Sticheleien« zufrieden geben.

Trotz aller Feindseligkeiten waren manchmal aber auch familiäre Dinge zu klären. Dabei wurde dann fieberhaft nach unverfänglichen Berührungspunkten gesucht, um wenigstens nach außen den Schein zu wahren. Doch der familiäre Kriegszustand war nicht zu verbergen. Das Schlachtfeld für dieses Kampfgetümmel war das sperrige Unterholz des deutschen Waldes, das vor allem an den Grenzen immer dichter wurde

und schwer zu durchdringen war. Richtige Verbindungsstraßen für einen geregelten Umgang miteinander gab es zu wenig, sondern nur spontane menschliche Trampelpfade.
Die windigen Propheten aus beiden Lagern suchten nicht ernsthaft nach geeigneten Möglichkeiten für eine Aussöhnung der beiden Streithähne, weil das ihre egoistischen politischen Sichtweisen gar nicht zuließen. Leidtragende waren die einfachen Menschen auf beiden Seiten, die diese unwürdigen Rangeleien auf ihre Weise bewerteten. Dabei brachten die unterschiedlichen Sichtweisen aus der Vogel- oder Froschperspektive natürlich auch verschiedene Erkenntnisse mit sich.
Die Mehrheit des biederen Fußvolkes der beiden herrschsüchtigen Brüder beurteilte aus naheliegenden Gründen das Geschehen nur aus der Sicht der kleinen quakenden Bodenhüpfer. Die hat aber neben verschiedenen Nachteilen auch einen nicht zu unterschätzenden Vorteil zu bieten. – Von da unten sieht man nämlich alles viel deutlicher und erlebt es hautnaher, als es von großen Höhen aus wahrgenommen werden kann.
Deshalb war dieser Blickwinkel auch der wichtigste persönliche Gradmesser für unsere gesamten Werturteile, Verhaltensweisen und Vorhaben. Weil wir Menschen aber eine Menge persönlicher Schwachstellen haben, gelang es den listigen Brüdern als Dirigenten unseres Lebens immer wieder, dort einzuhaken und uns an den eigentlichen Zielen vorbeizuschieben. Dabei täuschten sie alle mit ihrer scheinbaren Wichtigkeit und überhäuften uns mit Problemen, die es ohne sie gar nicht gegeben hätte. Bei ihren Vorhaben wurden sie noch von einigen Mitmenschen unterstützt, deren Meinungsbildung äußerst windanfällig war und sich wie eine Wetter-

fahne nach jedem Windhauch neu orientierte. So konnten die verfeindeten Brüder ihre Machtbereiche festigen.
Wir sollten deshalb auch heute die Augen weit offen halten, damit wir durch solche hektischen Drehbewegungen nicht noch unsere eigene Orientierung verlieren. Sonst kann es passieren, dass wir uns im dichten Unterholz der politischen Machenschaften rettungslos verirren und wie damals keinen Ausweg finden können.

Schrittmaß

Forschend kleine Trippelschritte
erobern rasch die Kinderwelt
und prüfen alles spielerisch,
was ihnen in den Weg sich stellt.

Hastig strebt im Sauseschritt
in der Blütezeit des Lebens
jeder seinem Ziele zu
und müht sich oft vergebens.

Vorsichtig und mit viel Bedacht
setzt das Alter seinen Fuß
über alle Hindernisse,
damit es nichts bereuen muss.

Ob jungen oder alten Menschen,
allen lehrt des Lebens Lauf,
wer trotz aller Vorsicht fällt,
steht am besten wieder auf.

Kriegskinder

Kriegerische Auseinandersetzungen brachten das Leben der Menschen schon immer aus dem Gleichgewicht und beeinflussten ihre Handlungsweisen. Deshalb standen auch Kriegsehen und Kriegskinder unter keinem günstigen Stern. Beide waren so etwas wie Notopfer der Gefühle an die vorhandene politische Situation und litten oft gehörig unter den schwierigen Bedingungen. Der unsinnige Weltkrieg zersprengte mit seiner zerstörerischen Kraft nicht nur Menschenleben und materielle Werte, sondern auch viele Familien mit all ihren Hoffnungen und Träumen. Davon war auch unsere Familie betroffen.

Die meisten Kinder haben ihre Eltern stets »griffbereit«, was ihnen in diesem Alter manchmal gar nicht so recht ist. Ich lebte nur mit meiner Mutter zusammen, die mich ganz gut im Griff hatte, was allerdings für sie nicht immer einfach war. Mein Vater hatte sich nach der Entlassung aus der Kriegsgefangenschaft von uns getrennt und im westlichen Teil Deutschlands eine neue Familie gegründet.

Weil Blut aber nun mal dicker als Wasser ist, war ich neugierig auf meinen Erzeuger und wollte ihn im Alter von zehn Jahren schließlich auch einmal kennenlernen. Um diese familiären Defizite aufarbeiten zu können, musste ich allerdings erst einmal die künstliche deutsch – deutsche Grenze überqueren. Meine Mutter konnte mich bei dieser genetischen Schnuppertour nicht begleiten, weil sie dafür keine Ausreiseerlaubnis erhielt. Da war es gut, dass sie mich schon frühzeitig zur Selbstständigkeit erzogen hatte. Deshalb konnte sie mich zwar mit feuchten Augen, aber doch relativ beruhigt mit allen guten Wünschen in den Interzo-

nenzug setzen und auf mich vertrauen. Dort saß ich dann etwas verloren zwischen all den fremden Menschen und wartete mit meinem kleinen Pappköfferchen geduldig auf die Ereignisse, die auf mich zukommen sollten.
Auf den Plätzen gegenüber saß ein älteres Ehepaar, das gerade von einem Besuch bei Verwandten in der »Zone« wieder in das »richtige« Deutschland zurückkehrte. Während der Mann nur kurz von seiner Zeitung hoch sah und mir flüchtig zunickte, taxierte mich seine Frau ganz ungeniert durch ihre Brillengläser und begann mich nach allen Regeln der Kunst auszufragen. Nach einer eingehenden Auswertung der Ergebnisse kam sie dann zu der Schlussfolgerung, dass ich armer Junge aus dem Osten hungrig aussähe und bot mir deshalb einen Apfel an. – Warum nicht, dachte ich. Dafür ist immer noch Platz im Magen. Nach meinem erwartungsvollen Kopfnicken kramte sie einige Zeit umständlich in einem bunt gemusterten Stoffbeutel herum, einem typischen Ostprodukt Marke Eigenbau, dessen »adlige« Abstammung »von alten Übergardinen« nicht zu verleugnen war. Schließlich fand sie doch noch, was sie so lange gesucht hatte, und überreichte mir huldvoll ein unansehnliches kleines grünes Äpfelchen. Trotz seines erbärmlichen Äußeren verschwand das »Prachtstück« nach einem braven »Dankeschön!« mit zwei kräftigen Bissen in meinem Mund. In meiner Hand blieb nur der kleine Stiel als ein dezentes Fragezeichen für einen eventuellen Nachschub zurück. Der erfolgte jedoch nicht, dafür etliche abwertende Bemerkungen über den hungernden Osten, die Leichtfertigkeit mancher Eltern und viele lobende Worte über den lieben Gott, der alles sieht und später ganz sicher auch bestrafen wird. – Jeder ehrliche Glaube ist zu respektieren,

aber solche selbstgefälligen und überheblichen Verhaltensweisen unter dem Deckmantel der christlichen Nächstenliebe ärgerten mich damals schon ebenso wie heute. Aus diesem Grund meldete sich auch sofort mein Stolz und ich gab nach einigen einsilbigen Bemerkungen schließlich keinen Ton mehr von mir.
In meinem kurzen Leben hatten die Begriffe »Himmel und Hölle« noch keine große Rolle gespielt – gut und böse aber schon. Deshalb hätte ich den Apfel am liebsten gleich wieder hervorgewürgt, um so meine Abneigung zu demonstrieren. Aber leider hatte sich mein Magen bereits mit ihm arrangiert, sodass da nichts mehr zu machen war. Also schloss ich zum Selbstschutz spontan meine Augen, um weiteren Attacken dieser bigotten Heuchlerin zu entgehen. Ihr Ehemann hatte diesen Schritt aus alten Erfahrungswerten heraus schon vorher getan und sich damit ebenfalls aus dem Geschehen ausgeblendet.
So kehrte im Abteil allmählich eine angenehm einschläfernde Ruhe ein, in der nur noch die monotonen Geräusche des fahrenden Zuges zu vernehmen waren. Erst nach geraumer Zeit kroch wie auf ein geheimes Kommando mit einem Mal eine spürbar hektische Unruhe durch die Gänge des Zuges, die alle Reisenden wieder hellwach werden ließ. – »Die Grenze!«, flüsterte jemand im Abteil. Gleich darauf tauchten auch schon Beamte des DDR-Grenzschutzes auf und ordneten kurz und knapp an, dass wir alle nach dem Halten des Zuges mit unserem Gepäck aussteigen und uns einer Kontrolle unterziehen müssen.
Auf dem Grenzbahnhof plärrte dann eine schnarrende Lautsprecherstimme noch einmal die gleichen Informationen in unsere Ohren. – Also nichts wie raus, Absperrungen be-

achten, schön in der Reihe bleiben, Koffer öffnen, Befehlstöne entgegennehmen, Fragen beantworten, Schikanen erdulden! – Die übliche Zeremonie bei einem Grenzübertritt in westliche Richtung. Die Beamten auf der anderen Seite beschränkten sich auf eine Kontrolle der Dokumente und wünschten im bayerischen Dialekt eine gute Weitereise.

Nach dieser aufregenden Prozedur saßen wir dann irgendwann wieder im Zug, wo seltsamerweise plötzlich freie Plätze zu erkennen waren. – Da hatten doch nicht etwa einige die Abfahrt verpasst? Der Zug setzte sich schließlich wieder mit asthmatisch anmutenden Geräuschen in Bewegung und es dauerte nicht lange, bis sich wieder eine normale Reiseatmosphäre ausbreitete. Ich schaute gespannt aus dem Fenster. Das war also der geheimnisvolle Westen! Eigentlich sah ja alles ganz normal aus. Deshalb schloss ich auch nach einer Weile wieder die Augen und döste vor mich hin, bis mich jemand am Arm rüttelte. Es war der Zugbegleiter. – »Nächste Station musst du aussteigen!«, sagte er zu mir, weil ihn meine Mutter beim Reiseantritt um diese Gefälligkeit gebeten hatte. Als der Zug dann quietschend anhielt, begleitete er mich noch bis zur Tür und reichte mir lächelnd meinen kleinen braunen Pappkoffer nach, denn ich war bereits ungeduldig vom hohen Trittbrett auf den Bahnsteig hinunter gesprungen. – »Alles Gute!«, rief er mir noch zu. Das konnte ich brauchen.

Danach stand ich erst mal etwas ratlos inmitten des Getümmels von winkenden Angehörigen und hastig davoneilenden Reisenden. Meinen Vater kannte ich nur von Bildern, auf denen er eine Uniform trug. Als sich nach einiger Zeit das Durcheinander gelichtet hatte und die letzten Geräusche

verhallt waren, stand ich mit einem Mal ganz allein auf dem zugigen Bahnsteig des Nürnberger Hauptbahnhofes – ein kindliches Fragezeichen in kurzen Hosen und heruntergerutschten Kniestrümpfen. Was nun kleiner Merkel?
Nach einiger Zeit des unbehaglichen Wartens und suchender Blicke kam am Ende der großen Treppe aus dem Untergrund allmählich Stufe für Stufe ein Mann mit lichtem Haar zum Vorschein. Er schaute sich suchend um, entdeckte mich schließlich und bewegte langsam auf mich zu. Als er vor mir stand, unterzog ich ihn einer raschen Musterung. Sein Aussehen passte so gar nicht zu den alten Fotos. Wir schauten uns beide fragend an, bis ich dann die schicksalsträchtige Frage an ihn richtete: »Bist du mein Vater?« – Seine Antwort, »Ich denke doch! Und du kannst dann nur der Gunter sein.«, ließ mich erleichtert aufatmen. – Es ist schon erstaunlich, wie wenig Worte ausreichen, um so viele Jahre zu überbrücken. Das erste Beschnuppern erfolgte in der Bahnhofsgaststätte, wo ich mit dem »freundlichen fremden Mann« durstig ein Glas Westlimonade leerte. Danach ging es mit einem Vorortzug noch einige Kilometer weiter bis zum Wohnort der neuen Familie meines Vaters. In diesem Alter hat man kaum Berührungsängste. Außerdem waren alle nett und freundlich zu mir, obwohl ich für sie ja auch nur ein Fremder war.
In den zwei Wochen meiner Besuchszeit konnte ich einen kleinen Eindruck vom »goldenen Westen« gewinnen. Besonders beeindruckt war ich davon, dass ich in einem großen Kaufhaus kostenlos Schokolade und Kaugummi probieren durfte. – Kaugummi! Das waren begehrliche Kinderwünsche. So was hatte ich zu Hause schon mal für eine Weile als Leihgabe meines Freundes kauen dürfen, musste

den ausgelaugten Batzen dann leider wieder zurückgeben. Dieser schmeckte jedoch frisch nach »Westen«. Das war schon was!

Heute habe ich allerdings ein eher gespanntes Verhältnis zu der eist so begehrten Kaumasse, weil sie weniger zur Zahnhygiene oder für einen guten Atem benutzt wird, sondern meistens nur deshalb, um mit hektischen und geräuschvollen Kaubewegungen anderen Menschen Informationen über den eigenen Gemütszustand gnadenlos aufzudrängen. Ein einfacher Kaugummi wird dadurch zu einem emotionalen Bumerang, der unter Missachtung von guten Sitten das Nervenkostüm von Unbeteiligten arg strapaziert. Damals waren solche Gedanken und Erfahrungen allerdings noch weit entfernt.

Doch selbst solche Verlockungen für einen kleinen Jungen konnten meinen Verstand nicht ausschalten. Als ich am Ende meines Besuches vom Vater gefragt wurde, ob ich bleiben wolle, kam ein klares »Nein!« über meine Lippen. Die Mutter hätte das nicht verdient gehabt. Außerdem vermisste ich bereits in dieser kurzen Zeit der Abwesenheit von zu Hause meine heimatlichen Wurzeln. So fuhr ich in aller Freundschaft und mit dem Verständnis für meine Entscheidung wieder heimwärts.

Wären nicht auch die meisten DDR-Bürger wieder in ihre heimatlichen Gefilde zurückgekehrt, wenn man ihnen Reisen in diese Tabu-Zone erlaubt hätte? Aus heutiger Sicht bejahen viele Menschen diese hypothetische Frage. Auf alle Fälle hätte das Gefühl des »Eingesperrtseins« keinen Nährboden gehabt und etliche Sündenfälle der Politik hätten gar nicht erst stattfinden müssen.

Bruder »Ossi« und sein Reich

Der kleine Ossi war als Nachgeburt ein bisschen mickriger geraten als sein älterer Bruder und kränkelte auch ständig. Deshalb bekam er von seinem Hausarzt eine große Dosis Rotlicht verordnet, die ihn und seine Umgebung in allen möglichen Farbtönen zwischen hell- und dunkelrot einfärbte. Doch allzu viel ist bekanntlich ungesund. Deshalb musste nach solchen speziellen Sonnenbädern auch häufig ein ideologischer Sonnenbrand auskuriert werden. Trotzdem wurde diese Art der Bestrahlung aus fernöstlicher Richtung immer wieder als Allheilmittel bei allen Beschwerden eingesetzt. Sie half zwar einigermaßen, machte aber abhängig.
Die theoretischen Grundlagen für diese eigenwillige Art der Behandlung stammten hauptsächlich von den Herren Marx und Lenin. Andere Mitstreiter blieben bei der Namensgebung für diese neue Gesellschaftsordnung aus den unterschiedlichsten Gründen auf der Strecke, sodass schließlich nur ein »Marxismus-Leninismus« die Spielarten der Politik ergänzte. Fortan hieß es dann: Halleluja, preiset diese Götter!
Der kleine Ossi wuchs heran und regierte in seinem Herrschaftsgebiet der Deutschen Demokratischen Republik mit der Ideologie dieses roten Glanzes. Damit wollte er seinen bundesrepublikanischen Bruder in die Knie zwingen. Sozialismus gegen Kapitalismus – wer hat wohl die besseren Karten in diesem politischen Spiel?
Das erfolgreiche Wachstum der DDR sollte nach einem der vielen optimistischen Orakelsprüche eines maßgeblichen Häuptlings weder von »Ochs noch Esel« in seinem Lauf aufgehalten werden können.

Aber diese Viecher sind nun mal für ihren Starrsinn bekannt und zogen deshalb ihren Karren nur vierzig Jahre durch die mitteldeutsche Geschichtslandschaft. Träume sind eben doch oft nur Schäume.
Selbst das einst so überheblich angekündigte »Tausendjährige Reich« der Nazis war zum Glück nur eine kurze Phase der deutschen Geschichte, die jedoch trotzdem ausreichte, um die Menschheit mit Tod und Zerstörung zu überhäufen. – Haben etwa nur deutsche Männer Probleme mit einer genauen Zeitbestimmung oder ist auch bei anderen die vielgepriesene »tolle Nacht« von kurzer Dauer? – Wie auch immer, dem »Napoleon des Ostens« blieb sein »Waterloo« jedenfalls nicht erspart, weil er und seine Mitstreiter die ideologischen Vorgaben offenbar nicht richtig umgesetzt hatten.
Bis es aber so weit war, wurde die rote Grundfarbe der Ideologie durch ständiges Umrühren immer streichfähig gehalten und bei allen sich bietenden Gelegenheiten verwendet. Damit dieser Lack auch ordentlich hielt, gründete man für seine Festigkeit die »Gesellschaft für Deutsch-Sowjetische Freundschaft«. Dort wurden dann die meisten Menschen mit sanfter Gewalt hineingezwängt und durch die monatlichen Mitgliedsbeiträge zu Mitläufern einer bezahlten Freundschaft gemacht. Wenn dieser rote Schein trotzdem nicht bis in alle Ecken drang, dann wurden die Schuldigen dafür schnell gefunden. Es waren die »Bonner Ultras« mit ihren westlichen Kumpanen, die immer wieder Sand in das Räderwerk des Sozialismus streuten.
Damit das ja auch niemand vergaß, flimmerte im DDR-Fernsehen in regelmäßigen Abständen die Sendung »Der schwarze Kanal« über die Bildschirme, wobei ein gewisser

Krieg für kurze Zeit auf Beschluss der Gemeindeverwaltung zwangsweise ein älteres Ehepaar einquartiert, das man aus den ehemaligen deutschen Gebieten vertrieben hatte. Die beiden hatten trotz ihrer wenigen Habseligkeiten eine größere Anzahl »besonderer Haustiere« im Gepäck, die sie rührend betreuten. Als sie uns wieder verließen, hatte sich der größte Teil von ihnen kurzfristig dazu entschlossen, die unangenehmen Reisestrapazen zu meiden und einfach zu bleiben. Für dieses eklige Ungeziefer mussten wir dann erst einen versierten Kammerjäger engagieren, der sie gewaltsam aus ihren Verstecken trieb und zur Strecke brachte. Ihr Anblick sorgte bei uns nicht nur für ein erstauntes Kopfschütteln, sondern für Schütteleinlagen des gesamten Körpers. – »Wer kennt die Völker, nennt die Namen, die gastlich hier zusammen kamen …«. So heißt es in Schillers Ballade »Die Kraniche des Ibykus«, allerdings in einem anderen Zusammenhang. Aber besser kann man die damalige Situation eigentlich nicht beschreiben. Es grenzte fast an ein Wunder, dass derartig viele Lebewesen auf so engem Raum miteinander leben konnten. Hätten sie alle Miete bezahlen müssen, wären wir reich geworden. So blieben uns am Ende nur Unkosten und die unangenehme Erinnerung an eine typische Begebenheit aus der Nachkriegszeit.

Bei diesem totalen wirtschaftlichen und politischen Neuanfang im Osten war es unmöglich, die vielen unliebsamen Probleme in den Griff zu bekommen. Deshalb wurde dieser Schritt ins Unbekannte mit vielen zweckdienlichen Parolen und verschiedenen ideologisch gesteuerten Aktionen kräftig angekurbelt. Eine davon war die Volksbewegung »Nationales Aufbauwerk«. Unter diesem Deckmantel wurden alle Teile der Bevölkerung dazu aufgerufen, unentgeltliche Leistungen zum Wohle und zum Nutzen des Staates zu vollbringen.

Die einzelnen Beiträge waren aber offensichtlich stark von der politischen Einstellung und der sozialen Bauart der Beteiligten abhängig und fielen deshalb auch sehr differenziert aus. Gehörte man zum Beispiel wie ich zu denen, die mit körperlicher Arbeit aufgewachsen waren, dann war es Ehrensache, sich für einen guten Zweck an solchen Vorhaben zu beteiligen. Mal abgesehen davon, dass nicht jeder für schwere Arbeiten geeignet ist, gab es auch welche, die sich möglichst nicht anstrengen wollten, dafür aber mit anderen Gaben gesegnet waren. Sie rückten sich ins rechte Licht, indem sie im Dunstkreis der Vorgesetzten ausgiebig alles erst mal auf theoretisch – ideologischer Basis aufbereiteten, während zupackende Menschen inzwischen schon fast damit fertig waren.

Die anschließende Anerkennung der Leistungen mit den damals üblichen Prämien und diversen anderen Auszeichnungen richtete sich dann oft nach der proportionalen Entfernung zu den Augen und Ohren des staatlichen Leiters, der politischen Einstellung und natürlich auch nach der Menge des aufgequirlten ideologischen Schaums, der einen klaren Durchblick erschwerte. Damit ist eigentlich klar, wer da geehrt wurde. Diese Strategie hat bei einigen so gut funktioniert, dass sie von ihnen mit großen Aldi-Tüten auch gleich in die neue »Ellbogen-Gesellschaft« mitgeschleppt wurde. Und siehe da, dieses Prinzip funktioniert mit kleinen Änderungen auch hier.

Solche Angelegenheiten waren aber trotz der politischen Vorgaben auch weitgehend von der menschlichen Größe des staatlichen Leiters abhängig. Ich kann dazu nur bemerken, dass meine persönlichen Erfahrungen mit solchen Menschen überwiegend positive Erinnerungen hervorrufen und teilweise sogar mit Hochachtung verbunden sind.

Die Kinder waren in dieser Zeit noch nicht so berechnend wie heute und meistens schon mit dem üblichen »ideologischen Schwänzchen« auf dem Zeugnis zufrieden, das ihnen im letzten Satz der schriftlichen Beurteilung eine »gute gesellschaftliche Arbeit« bescheinigte. Auch für den späteren Berufswunsch oder einen angestrebten Studienplatz war es entscheidend, wie eine solche Einschätzung über das gesellschaftliche Engagement und die Einstellung zum Staat ausfiel. Es gab zwar keinen direkten Zwang, in die »Sozialistische Einheitspartei« einzutreten, aber auf der Waage für den gesellschaftlichen Aufstieg war das Gewicht dieser Mitgliedschaft eindeutig schwerer als das der reinen Fachkompetenz. Die Folgen waren bei vielen Menschen indirekt eingeforderte Lippenbekenntnisse für diese Partei. Ich sehe diesen heute oft als »Zwang« deklarierten Schritt etwas anders, vor allem auch deshalb, weil ich ihn selbst trotz des Wissens über bestimmte individuelle Nachteile nicht vollzogen habe. Aber solche Entscheidungen sind viel zu persönlich, um sie anderen vorwerfen zu können. Da muss jeder mit sich selbst ins Reine kommen.

Die meisten DDR-Bürger leisteten schon in ihrer Kindheit als »Junge Pioniere« oder später als Mitglieder der »Freien Deutschen Jugend« immer irgendwelche Beiträge »zur Stärkung der Republik«. In der Schulzeit wurden wir dabei regelmäßig zu »Jägern und Sammlern« umfunktioniert und trugen bei Wettbewerben zwischen den einzelnen Klassen Berge von Schrott, Altpapier, Lumpen, Flaschen und Gläsern zusammen. Wir sammelten auch Eicheln und Kastanien für die armen Tiere im Wald oder die manchmal noch ärmeren Schweine in den Ställen der »Landwirtschaftlichen Produktionsgenossenschaften« nach sowjetischem Vorbild. Das war ein gut ausgeklügeltes Strategiespiel zur Beschäftigung der Jugend. Wie verbrachten damals wohl die Kinder im Westen ihre Freizeit? – Haben die etwa nur gespielt?

Die »Volkseigenen Betriebe« der DDR hatten die Aufgabe, den gemeinsamen Topf, aus dem alle löffeln mussten, durch die Erfüllung der staatlichen Planvorgaben ordentlich zu füllen. Doch je mehr oben hinein geschüttet wurde, desto mehr lief auch unten durch viele kleine Löcher wieder heraus und versickerte in dunklen Kanälen. Ein solches Schlupfloch war für viele Betriebsangehörige die etwas zu wörtliche Auslegung des Begriffes »Volkseigentum«. Sie schleppten als stolze Miteigentümer ohne größere Schamgefühle alle möglichen Dinge aus den Betrieben heraus, um sie für private Zwecke oder als Tauschobjekte zu verwenden. Das Motto lautete dabei: Gibst du mir, dann gebe ich dir!

In den meisten Betrieben existierte noch zusätzlich eine gut funktionierende zweite Produktionslinie, wo mit dem ohnehin schon knappem Material eine private Serienproduktion organisiert wurde. Die Palette war breit gefächert und reichte von kleinen Geschenkartikeln bis hin zu größeren Bedarfsgütern, die im Handel nur schwer erhältlich waren. Alles wurde heimlich auf Betriebskosten angefertigt, variantenreich nach draußen geschmuggelt und gewinnbringend verhökert.

Ich kann mich in diesem Zusammenhang noch an zwei protzige massive Messingleuchter, einen kunstvollen Raumteiler, eine Flurgarderobe, einen elektrischen Heizkörper, zwei Hollywood-Schaukeln oder auch an diverse kunstgewerbliche Gegenstände erinnern, die wir über verschiedene Mittelsmänner käuflich erworben haben. Auf diese Weise sägten wir alle kräftig an dem Ast, auf dem wir selbst saßen. Eine unsanfte Landung war damit vorprogrammiert.

Weitere Hemmschuhe für die wirtschaftliche Entwicklung waren die Auswirkungen des »Kalten Krieges« zwischen den beiden unterschiedlichen politischen Lagern. Durch sie kam es an den zarten Trieben der DDR- Wirtschaft zu erheblichen »Frostschäden«. Diese Störungen endeten zwar offiziell mit der Wiedervereinigung und dem Niedergang des sozialistischen Weltsystems, doch sie geistern nach wie vor in einigen maßgeblichen Köpfen herum und halten damit das Ost-West-Gefälle noch für eine unbestimmte Zeit in der Schwebe.

Dabei gab es in den siebziger Jahren in der DDR so etwas wie ein kleines Wirtschaftswunder. Doch die überzogene Einheit von Wirtschafts- und Sozialpolitik sowie die gut gemeinten hohen staatlichen Subventionen verschlangen mehr als erwirtschaftet werden konnte. Das brachte den Staat schließlich an den Rand des finanziellen Abgrundes. Es kam zu erheblichen Versorgungsengpässen, die auch mit immer neuen Auslandsverschuldungen oder kurzzeitigen wirtschaftlichen Hau-Ruck-Aktionen nicht behoben werden konnten. Den Bürgern wurde diese prekäre Situation verschwiegen und mit markigen Parolen eine nicht vorhandene Stärke vorgegaukelt. Zur Hebung des internationalen Ansehens dienten vor allem die Erfolge im Leistungssport, die mit allen Mitteln erzwungen wurden. Vor den Läden kam es aber immer öfter zu langen Warteschlangen. Wer zufällig vorbei kam, der stellte sich konsequent erst mal hinten an. Erst dann folgte verschämt lächelnd die entscheidende Frage nach den Objekten der Begierde. – Stoff für kabarettistische Kleinkunst!

Wer Konsumgüter erwerben wollte, die nicht ausreichend im Handel vorhanden waren, der musste sich in lange Wartelisten eintragen und wurde mit seinen Wünschen als fortlaufende Nummer erfasst. Das garantierte aber noch lange keine geregelte Reihenfolge, weil häufig »gute Bekannte« oder andere Privilegierte auf wundersame Weise immer wieder ganz nach vorne rutschten. Das funktionierte auch wunderbar mit angemessenen »Kaufbeschleunigern«. Dazu gehörten neben einem »ideologischen Bonus« besonders auch das Westgeld als heimliche zweite Währung oder irgendwelche Raritäten.

Besonders seltsame Erscheinungsformen gab es im Autohandel. Weil dort die Bestellzeiten für Neufahrzeuge astronomisch lang waren, erhielt man beim Weiterverkauf seiner alten »Mühle« noch mehr Geld zurück als man für den Neuwagen bezahlt hatte. Das waren dann im »real existierenden Sozialismus« die ungeplanten Auswüchse der Planwirtschaft.

Als Folge solcher offensichtlichen Schräglagen fließt naturgemäß alles in eine Richtung und sorgt für ungleichmäßige Verteilung der vorhandenen Güter. Das kann auf die Dauer nicht funktionieren, weil dadurch ein Gefälle der Begehrlichkeit entsteht und für Unruhe sorgt. Immer mehr DDR-Bürger schielten deshalb aus der »Talsohle des Ostens« nach oben zum scheinbaren »Gipfel des Westens«. Der Weg dorthin war aber für sie weitgehend versperrt, wenn sie nicht gerade Rentner, »menschliche Sonderfälle« oder parteitreue Auslandskader waren.

Wer wo lebte, das konnten die meisten Menschen nicht beeinflussen. So kam es, dass Familien- und Freundesbande zerrissen wurden. Korrekturen waren äußerst schwierig, wenn nicht sogar gefährlich. Denn wer die Macht hat und das nicht will, der unterbindet solche Bestrebungen notfalls sogar mit Gewalt. Gutwilligen Besuchern von drüben wurde im »Theater des Ostens« durch saftige Eintrittspreise das

Wiederkommen verleidet. Deshalb wussten die Menschen beider Staaten eigentlich recht wenig voneinander. Die Ostdeutschen versuchten über das Westfernsehen einen Einblick zu gewinnen, wobei anfangs die heimlich gebastelten Antennen für dieses verpönte Programm hinter Gardinen oder auf Dachböden versteckt wurden.
Westliche Einflüsse wurden wegdiskutiert oder einfach ignoriert. So war es auch mit der Westmusik, die bei der Jugend äußerst beliebt war. In diesem Zusammenhang erinnere ich mich an die typische Aussage eines parteitreuen Funktionärs, der sich abschätzig über einen gewissen »Essli Pressli« mokierte. – Schlecht informiert, aber prinzipiell dagegen! Der gute alte »Elvis« passte eben so ganz und gar nicht in das sozialistische Lebensbild und war deshalb auch kein erstrebenswertes Vorbild für die Jugend. Auch die »abartigen Pizköpfe« der Beatles hatten da keine Chance. – Bei der Jugend aber schon! Deshalb standen die Tanzveranstaltungen unter strenger Kontrolle, damit der vorgegebene Prozentsatz von Schlagern westlicher Machart ja nicht überschritten wurde. Doch kaum eine der »heißen« Bands hielt sich im Hexenkessel der einmal »angeheizten« Jugendlichen daran und musste dafür öfters Sanktionen in Kauf nehmen. Ignorieren war eben einfacher als sich ernsthaft zu stellen.
Wie sagte doch auf den Galapagosinseln eine Schildkröte zur anderen: »Ich glaube nicht, dass es einen Charles Darwin gegeben hat!«
So kam es, dass anfangs sogar Niethosen verpönt waren, weil in ihnen ja nur »Nieten« stecken konnten. Zur Abwehr von solchen und anderen ungeliebten Eindringlingen hatten wir eine gut gesicherte Grenze, an der auf Befehl alles anhal-

ten musste – sogar die Umweltverschmutzung. Was nicht sein durfte, das nicht sein konnte!
Den jüngeren Funktionären musste man eine solche Haltung verübeln, den Uralt-Veteranen vielleicht weniger. Sie haben damals ähnlich wie mein Opa auf einem anderen Gebiet versucht, ihr geheiligtes Weltbild in Zement zu gießen. Als 1951 Juri Gagarin als erster Mensch im Weltraum kreiste, sagte mein Großvater voller Überzeugung zu mir: »Das ist alles nur Fantasie. Das würde der liebe Gott niemals zulassen!« – So ähnlich war es auch bei den Altkommunisten, bei denen das anbetungswürdige Wesen nur anders hieß. Nun ja, Weltbilder geraten zwar manchmal ins Wanken, aber sie fallen trotz vernünftiger Argumente meistens nicht so schnell, weil Tradition und blinder Glaube sie stützen. Was es auch sein mag, es ist für viele oft der einzige Halt, an dem sie sich immer wieder aufrichten. Aus diesem Grund sehe ich eine solche geistige Bindung auch nicht als verwerflich an, solange sie niemand zu ihrem Sklaven macht. Solche Erscheinungen sind aber nicht nur mit der Vergangenheit verbunden, sondern hängen sich auch in der Gegenwart wie Kletten an uns fest und werden bei Kontakten sogar weitergegeben. Deshalb müssen immer hellhörig bleiben und dürfen unseren gesunden Menschenverstand nicht zu sehr verbiegen lassen.
Solche Beugeversuche gehörten in der DDR vor allem auf ideologischer Ebene leider auch zum Alltag. Die betroffenen Menschen versteckten sich meistens hinter selbstkonstruierten Tarnnetzen und starteten von dort mit unerschütterlichem Optimismus und einer großen Portion Sturheit ihre eigenen strategischen Vorhaben. Besonders zufrieden waren sie mit dieser Situation allerdings trotzdem

nicht. Man sagt zwar, dass Unzufriedenheit die Menschen voran bringt, jedoch nicht als Selbstläufer. Sie braucht eine große Anzahl von betroffenen Menschen als Indikator, um eine Wirkung zu erzielen. Erst wenn der Druck zu stark wird, dann baut sich allmählich ein Gegendruck auf. Ist der dann kräftig genug, gewinnt er die Oberhand und schiebt seinerseits in die entgegengesetzte Richtung. Das Kräfteverhältnis verändert sich, selbst wenn es vierzig Jahre dauert. So will es die Gesetzmäßigkeit und so wollten es auch viele Menschen.

Woher kam dann aber die Katerstimmung nach der ersehnten Wende? Die feindlichen Brüder sind ja nun wieder vereint, da müsste doch alles bestens sein. Oder wollten wir das alles vielleicht gar nicht so, wie es letztlich gekommen ist? – So funktioniert aber nun mal der Kapitalismus und sein »Monopoly-Spiel« der besonderen Art. Da geht man nicht einfach über »Los!« und kassiert ein fettes Startgeld, sondern wird selbst ganz schön zur Kasse gebeten. Das haben wir doch eigentlich alle gewusst. Oder haben wir denen mit dem Parteiabzeichen nicht getraut?

Sicherlich gab es viele phrasenhafte Mitläufer, aber auch viele, die es ehrlich gemeint haben und menschliches Handeln über die Ideologie hinaus nicht als leeres Gerede ansahen. Auf der anderen Seite war aber auch der politische Druck, gab es persönliche Einschränkungen, die »Stasi« mit ihren Zuträgern sowie Repressalien für Andersdenkende. Die Staatsführung löste sich damit immer mehr von ihren eigentlichen Zielen und verlor dabei die Bodenhaftung zum Volk. Trotzdem ließ sie sich bis zuletzt bei allen möglichen Anlässen mit bestellten Sprechchören und Parolen selbst beweihräuchern. Das war oft mehr als peinlich und ver-

wischte auch noch die letzten Reste von Glaubwürdigkeit.
Um so seltsamer war es dann, dass den »Kandidaten der Nationalen Front« bei Wahlen immer wieder mit knapp hundert Prozent »Ja-Stimmen« das Vertrauen »geschenkt« wurde. Doch selbst solche eigenwilligen Rechenmethoden konnten die heimlich ersehnten hundertzehn Prozent nicht hervorzaubern. Das wäre wohl auch zu auffällig gewesen.
Die vierzig Jahre DDR sind als relativ kurze Episode im dicken Buch der deutschen Geschichte vermerkt. Doch für ein Menschenleben war sie lang genug, um es auf die eine oder andere Weise zu beeinflussen. Schon deshalb sollten wir alle diese Zeit nicht vergessen und auch nicht verschweigen, sondern uns darum bemühen, sachlich auf alle Höhen und Tiefen zurückzublicken. Jeder wird dabei sicherlich zu anderen Ergebnissen gelangen, wenn er seine eigene Bilanz zieht. Das ist durch die unterschiedlichen Erfahrungen auch nicht anders zu erwarten.
Ich sehe keinen Grund für eine harte Abrechnung, sondern tendiere eher zu einem kritischen Rückblick über einen nicht unbeträchtlichen Teil meines Lebens. So wird es vielen gehen. Wir sind zwar nicht im Überfluss, dafür aber in sozialer Sicherheit aufgewachsen, haben etwas gelernt, eine Familie gegründet und neben einigen Enttäuschungen vor allem auch viele schöne Erlebnisse gehabt. Während heute eine unangenehme Überraschung nach der anderen auf uns wartet, war unser Leben damals überschaubarer und planbarer. Dabei habe ich mich nicht an staatlichen Vorgaben orientiert, wenn ich bemüht war, meine Arbeit ordentlich zu erledigen, mich in der Freizeit sinnvoll zu betätigen und

nach menschlichen Normen zu leben. So etwas ist an keine bestimmte Ideologie gebunden.
Jede herrschende politische Gruppierung gibt seinen Bürgern einen bestimmten Rahmen vor, in dem sie sich bewegen können. Er engt zwar durch seine klaren Grenzen die Bewegungsfreiheit ein, bietet aber dafür auch einen gewissen Schutz. In diesem Gefüge muss jeder für sich selbst festlegen, ob er die bestehenden Bedingungen akzeptiert, sich dagegen wehrt oder sich trotz einiger Vorbehalte mit dem vorhandenen Spielraum arrangiert und ihn optimal für seine eigene Entwicklung nutzt.
In allen einigermaßen zivilisierten Gesellschaften ist in den meisten Fällen nicht der Mangel, sondern eher der Überfluss das größere Problem, auf das man sich einstellen sollte. Das mag zwar für manche wie ein Widerspruch klingen, sollte aber gerade für uns ehemalige DDR-Bürger ein Ansatz zum Nachdenken sein.

Das Spiegeltier

Wie sonderbar ist dieses Tier,
das lüstern seine Krallen wetzt
und gierig nach den Lämmern schaut,
bevor es sie zu Tode hetzt.

Dann ist es wieder engelsgleich,
teilt mit dem Schmetterling die Lüfte,
erfreut sich an der Blütenpracht
und an dem Reiz der Düfte.

Manchmal kriecht es schlangengleich
durch dichtes Dornenunterholz
oder schlägt ein Flügelrad
mit würdevollem Pfauenstolz.

Das Wesen kann auch voller Hast
ängstlich wie ein Hase rennen
und mutig jeden Kampf bestehen,
wie wir das von Löwen kennen.

Es hat etwas vom schlauen Fuchs,
ist launisch wie der Frühlingswind,
kann auch ein dummer Esel sein
oder wie ein Maulwurf blind.

Oft ähnelt es in seinem Tun
den wilden braunen Affen,
die verständnislos und dumm
durch die Gitterstäbe gaffen.

Suchen wir nach ihm im Spiegel,
dann blicken wir uns selbst entgegen,
denn dieses Tier begleitet uns
auf allen Lebenswegen.

Westkontakte

Das Anbahnen von Kontakten ist ein allgemein beliebtes Gesellschaftsspiel, wobei die Berührungspunkte wie zwei Stromleiter richtig miteinander verbunden werden müssen, damit kein Kurzschluss entsteht.
In der DDR waren es oft die ungeliebten »Westkontakte«, die für solche funkensprühenden Fehlverbindungen sorgten. Sie lenkten die Menschen nach Ansicht der Parteifunktionäre zu sehr von der ideologischen Linie ab und machten sie unzufrieden. Deshalb war der Begriff »Reisefreiheit« im Gesetz auch gar nicht erst vorgesehen und es wurde streng geprüft, wer wann und wohin reisen durfte. Aber Verbindungen mit der westlichen Welt kamen auf die unterschiedlichste Art und Weise trotzdem immer wieder zustande.
Die meisten Bürger der DDR mussten allerdings auf das Rentenalter hoffen, um die Grenze in westlicher Richtung legal überqueren zu können. Wenn die Omas und Opas sich dann mit ihren verlockend gefüllten Einkaufsbeuteln wieder in heimatlichen Gefilden zurück meldeten, brachten sie meistens auch noch einige von der Verwandtschaft gestiftete Geldscheine der begehrten Nachbarwährung mit. Die wurde dann sogar zu einer inoffiziellen zweiten DDR-Währung und zu einem einflussreichen Hilfsmittel für ihre stolzen Besitzer.
Also trachtete auch die Staatsführung danach, den Bürgern dieses Geld so schnell wie möglich wieder abzuluchsen. Dazu dienten die staatlich kontrollierten »Intershop- Läden«, wo man fast alles gegen »harte Währung« erwerben konnte, was sonst gar nicht oder nur schwer zu bekommen war. Die Einnahmen flossen dann zusammen mit den »Ein-

trittsgeldern« von westlichen Besuchern, dem schwunghaften Handel mit Kunstgegenständen, dem Lösegeld von freigekauften Menschen sowie anderen Aktionen von zweifelhaften Devisenbeschaffern in die leere Staatskasse. – Ein »Schalk«, wer Böses dabei denkt!
Aber nicht jeder hatte Westgeld zur Verfügung. Deshalb bildete sich bei den Unzufriedenen ein ideologischer Sehfehler heraus, denn sie »schielten« immer mehr in westliche Richtung.
So war es dann auch nicht verwunderlich, dass sie ihren Blicken den gesamten Körper folgen lassen wollten. Ich war da keine rühmliche Ausnahme und kann deshalb vielleicht mit einigen persönlichen Farbtupfern dazu beitragen, das Bild dieser Zeit etwas deutlicher zu malen.
Am Anfang war es für solche »Zugvögel« noch relativ einfach, heimlich die Grenzlinien zu überschreiten. Rührige Geschäftemacher kamen aus dem Westen (Kommt uns das auch heute noch bekannt vor?) und einfache Menschen zogen mit einigen entbehrlichen Habseligkeiten nach drüben, um dafür dringend benötigte Nahrungsmittel einzutauschen. – »Hamsterfahrten« nannte man solche Beschaffungsmaßnahmen, die aber mit der eigentlichen Bedeutung dieses Wortes wenig zu tun hatten, weil sie nur die gröbsten Engpässe beseitigen halfen.
Im Alter von fünf Jahren nahm mich meine Mutter einmal zu einem solchen illegalen, abenteuerlichen und gefährlichen Unterfangen mit in die damalige Westzone. In meinem Buch »Lebenszeichen« habe ich diese Geschichte ausführlich erzählt und möchte deshalb nicht noch einmal näher darauf eingehen.
Die nächsten Erfahrungen mit der innerdeutschen Grenze ergaben sich, als ich mit zehn Jahren auf legalem Weg

meinen Vater im anderen Teil von Deutschland besuchen durfte, was in diesem Buch in der Episode »Kriegskinder« nachzulesen ist.
Mit sechzehn Jahren lockte mich dann noch eine andere Spielart der westlichen Welt mit ihren verführerischen Reizen – Westberlin! Dieser erklärte Dorn im Fleisch der DDR war bis zum Bau der Mauer am 13. August 1961 ein beliebter Ort, wo man als Ostdeutscher relativ einfach mal am »Duft des Westens« schnuppern konnte. Kurz bevor mit dem ideologisch bemäntelten »Antifaschistischen Schutzwall« diese Möglichkeit zubetoniert wurde, beschlossen mein Freund und ich, auch einmal einen Blick in die »Höhle des Löwen« zu werfen. Also schwangen wir uns auf die Fahrräder und strampelten nach Berlin. Ganz wohl war uns nicht dabei, als wir den Westsektor betraten. Schließlich war es ja verboten und wir hätten in der Schule eine Menge Ärger bekommen, wenn wir von der Polizei dort aufgegriffen worden wären. Also blieben wir auch nicht länger, als es für kurze Eindrücke und einige überteuerte Einkäufe notwendig war. Aber wir hatten uns schließlich doch eine Begierde der Jugendzeit erfüllt und waren trotz des großen Aufwandes stolz darauf.
Die meisten Menschen fanden sich nie so richtig mit den vielen Einschränkungen ab. Fluchtgedanken keimten auf und wurden auf abenteuerliche Weise in die Tat umgesetzt. Manche setzten dabei sogar ihr Leben aufs Spiel. Vernunft oder Risiko – das musste jeder mit sich selbst abmachen.
Auch wenn meine Familie öfters das Gegenteil behauptet, plädiere ich mehr für vernünftige Lösungswege. Das verdeutlicht auch eine weitere persönliche Begebenheit, bei der ich fast einen von den eingangs angedeuteten ideologischen Kurzschlüssen ausgelöst hätte.

Mein Vater, den ich nach dem bereits erwähnten Besuch als Schuljunge mittlerweile fast dreißig Jahre nicht mehr gesehen hatte, lud mich damals offiziell zu seinem 65. Geburtstag ein. So weit, so gut! Aber er lebte ja immer noch in der BRD. Also formulierte ich aus meiner naiven Sicht zu diesem Anlass einen »ganz normalen« schriftlichen Antrag für einen Kurzbesuch. – Ein unerhörter Versuch! Lehrer im Staatsdienst, was hast du dir bloß dabei gedacht, so einfach mal deinen Vater besuchen zu wollen? – Zum Glück stand mein damaliger Direktor menschlich höher als die politischen Vorgaben. In einem persönlichen Gespräch zeigte er weitgehend Verständnis für meine Situation, deutete mir aber auch die zu erwartenden Folgen dieses Begehrens an. Den Antrag hatte er noch nicht weitergeleitet, betonte aber trotzdem meine Entscheidungsfreiheit in dieser Angelegenheit. Er legte mir nur nahe, alles in Ruhe noch einmal gründlich zu überdenken. Das tat ich dann auch und nahm das Gesuch nach einer eingehenden Beratung im Familienkreis wieder zurück. Auch wenn ich mir diese Inkonsequenz später selbst immer wieder als Feigheit auslegte, für drei Tage wollte ich meine gesicherte Existenz nun doch nicht aufs Spiel setzen.

Meinen Vater sah ich dann übrigens erst 35 Jahre nach unserer letzten Begegnung wieder – zur Grenzöffnung! Es war die erste Fahrt mit meiner Familie über die gerade erst geöffnete Grenze, die zu einem unvergesslichen Erlebnis wurde. Für die heutige Fahrzeit von weniger als zwei Stunden benötigten wir damals mehr als zwölf Stunden. Zeitweise ging es in der schier endlosen Schlange der knatternden und stinkenden Zweitaktfahrzeuge mit langen Unterbrechungen nur schrittweise voran. Alle wollten natür-

lich sofort die Gunst der Stunde nutzen und drängten in Richtung Grenze.
Je mehr die Zeit verrann, desto häufiger forderten auch normale menschliche Bedürfnisse ihr Recht auf Befriedigung. Gegen die Kälte half eine wärmende Decke und der kleine Hunger sowie der große Durst wurden von dem vorsorglich mitgenommenen Proviant gestillt. Doch diese Nahrungsmittel meldeten sich nach einer angemessenen Zeit der Verdauung auch ordnungsgemäß wieder an den dafür vorgesehenen Ausgängen zum Verlassen des Körpers an. Und das war nicht ganz unproblematisch zu bewältigen!
Weil keiner wusste, ob die Fahrt plötzlich weiter ging, fanden diese Geschäftigkeiten in einer Zweckgemeinschaft oft ohne ausreichende Deckung immer in Fahrzeugnähe statt. Wenigstens hatte die hereinbrechende Dunkelheit später ein Einsehen und breitete ihren mildtätigen Deckmantel über das Geschehen. Die gemeinsame Euphorie dieses wahrhaft historischen Ereignisses hatte es zusammen mit dem Naturtrieb geschafft, sogar die menschlichen Schamgefühle zu verdrängen. – Menschlichkeit verbindet eben doch!
Während der Fahrt über die grüne Grenze durch das ehemalige Niemandsland standen plötzlich winkende Menschen mit kleinen Geschenken an den Straßenrändern. – Ein erhebendes Gefühl, leider allzu flüchtig!
Nach unserer Ankunft folgte eine lange Nacht der Gespräche und Erinnerungen. Am frühen Morgen wurden schnell noch die im Kanister mitgeführten zwanzig Liter Benzingemisch in den Tank gefüllt. Die Heimfahrt über die Autobahn verlief wesentlich schneller und unkomplizierter. Am offiziellen Grenzübergang in Hirschberg waren zu dieser frühen Tageszeit nur wenige Fahrzeuge unterwegs, die durch die-

sen hell erleuchteten, mehrfach gesicherten Kontrolpunkt fuhren. Die lauten Motorgeräusche unseres »Trabis« hallten gespenstig durch die willkürliche Sperranlage, die zum Glück bald ausgedient hatte. Wir kamen gerade noch rechtzeitig zu Hause an, um zur Arbeit zu gehen. Ordnung musste schließlich sein, denn das Leben ging ja trotzdem weiter.
Die letzten hektischen Zuckungen bei diesem deutschen Verwirrspiel waren dann die demütigenden Haschereien nach dem »Begrüßungsgeld«. Dann setzte sich langsam die Normalität durch, weil zusammen kam, was zusammen gehört. Aber was ist schon normal? Vielleicht ist es der Umgang mit den Verwandten, neuen Freunden oder interessanten Sehenswürdigkeiten – aber sonst?
Wir müssen wahrscheinlich alle erst nach und nach begreifen, dass die neue politische Lage in unserem Land kein Prozess mit einem Federstrich ist. Sie braucht Zeit, damit wir die neue Bewegungsfreiheit nicht nur räumlich, sondern auch geistig richtig verarbeiten können. Es liegt aber auch in der Natur von uns Menschen begründet, dass wir mit dem Erreichten nie so recht zufrieden sind und immer nach dem schielen, was wir gerade nicht haben. Das erscheint uns meistens viel begehrenswerter. So ist auch die anfängliche Blickrichtung in den »ach so goldenen Westen« und der heutige Schulterblick auf die angenehmen Seiten der DDR-Zeit zu verstehen.
Vielleicht sollten wir das Erreichte mehr schätzen lernen und es selbstbewusster festhalten. Dann wird es manchmal sogar begehrlich für andere.

Zugzwang

Der schicksalhafte Zug der Zeit
taucht lautlos aus dem Dunkel auf
und hält für kurze Zeit nur an
in seinem raschen Vorwärtslauf.

Voller Hoffnung steigst du ein
zu deiner Lebensreise,
verlässt dich auf die Sicherheit
der schon eingefahrenen Gleise.

Bei monotonen Fahrgeräuschen
tust du es den anderen gleich,
lehnst dich zurück, schließt deine Augen
und döst dahin im Traumbereich.

Doch so kannst du schwerlich nur
dein Lebensziel erreichen,
du reist ihm ständig hinterher,
denn das Schicksal stellt die Weichen.

Du fährst oft nur im Kreis herum
bis du dein Ziel vergisst,
falls du nicht schnell die Bremse ziehst,
wenn du ihm nahe bist.

Such dir dann selber deinen Weg
und passende Begleiter,
sonst wird die Kluft von Wirklichkeit
und Anspruch immer breiter.

Familienzusammenführung

Macht macht zwar mächtig – aber nicht übermächtig! Soviel hat uns das Leben schon gelehrt. Diese Erkenntnis bewirkt jedoch noch lange nicht, dass wir sofort wissen, wie wir damit umzugehen haben. Die Politik hilft uns da auch nicht weiter. Sie ist offensichtlich eine Hure, die sich für Geld jedem hingibt, manchmal aber auch vergewaltigt wird. Im Fahrwasser solcher Machenschaften werden Wahrheit und Lüge oft so miteinander verquirlt, dass sie nicht mehr deutlich voneinander zu unterscheiden sind.

Ein solches unklares Erscheinungsbild flimmert seit der politischen Wende täglich vor unseren Augen und trübt den klaren Blick. Deshalb wissen wir auch nicht so genau, was da eigentlich gewendet wurde. Sind es Lebensqualität, Lebenswerte oder politische Einstellungen? – Auf alle Fälle wurden die Gewohnheiten der Neubundesbürger erst mal kräftig durcheinander gewirbelt. Schließlich hat man sich ja gefälligst nach den bestehenden Hausregeln und Gepflogenheiten zu richten, wenn man als armer Verwandter wieder in die Arme geschlossen wird und im Haus des großen Bruders leben darf. – Basta!
Warum wird das eigentlich nicht auch bei der Integration von Ausländern so gehandhabt?
Bei dieser politischen Familienzusammenführung wurde viel gebrauchsfähiges Porzellan aus dem östlichen Haushalt zerschlagen oder verschwand erst mal in der Abstellkammer, um eventuell einige Zeit später als eigene Errungenschaft wieder hervorgeholt zu werden. – Der »Besserwessi« lässt grüßen! Er will, dass der kleine »Ossi« seine Identität aufgibt und sich nach ihm richtet. Tut er das nicht, dann gibt es Ärger.
Solche speziellen Anpassungserscheinungen ziehen sich quer durch unser neues Leben. Das beginnt bereits mit den Grußformeln. In der DDR stand zu Beispiel unter amtlichen Schreiben häufig – »Mit sozialistischem Gruß!«. Dabei wusste damals keiner so richtig, wie dieser Gruß eigentlich lauten sollte. Aber wie er auch gemeint war, ob »Hallo Walter!« (Ulbricht) oder »Gelobt sei Erich!« (Honecker) – wir grüßten in unserer ehemaligen Bergbauregion aus alter Tradition sowieso meistens nur mit einem kurzen und markanten »Gaufl« (Glück auf!). Heute ist als Zugabe zu einem freundlichen Kopfnicken bei der Begrüßung öfters auch ein »Grüß Gott!« zu vernehmen. Diese Grußformel könnte

aber ebenfalls für Missverständnisse sorgen, denn schließlich kann dieser Aufforderung nur nachgekommen werden, wenn man ihm zufällig mal begegnen sollte. – Irritationen hier wie da!

Zu den vielen veränderten Gepflogenheiten, die für uns als neue Bundesbürger etwas gewöhnungsbedürftig waren, gehörten auch neue Vereinsnamen. Hier wurden in vielen Fällen die ideologisch gefärbten Bezeichnungen der DDR- Sportverbände ausgemustert und durch welche aus dem altdeutschen Kulturgut ersetzt. Wenn wir ehrlich sind, dann klangen »Fortschritt, Motor, Turbine, Aufbau, Traktor, Dynamo, Rotation« oder »Vorwärts« auch ein bisschen wie getarnte Parolen zum Aufbau des Sozialismus. An ihre Stelle trat dann eine »Concordia, Germania« oder »Eintracht«, vielleicht ein munteres »Frisch auf!«, eine markige »Deutsche Jugendkraft«, eventuell auch ein »Verein für Leibesübungen«. – Da ist doch der Geist des Fortschritts sofort zu spüren! Dieser neue »Sportgeist« erscheint jedoch nicht von selbst, sondern muss erst mit einem erheblichen finanziellen Aufwand durch eine »Geisterbeschwörung« herbeigerufen werden. – Das war schon mal anders, deshalb scheiden sich hier auch die »Geister«.

Obwohl heute auf der einen Seite die alten deutschen Traditionen im Sprachgebrauch hochgehalten werden, gehen sie auf der anderen Seite immer öfter »den Bach« hinunter. Dafür schleichen sich häufig fremde Bastarde in die deutsche Sprachfamilie ein und werden hauptsächlich von jungen Leuten viel zu leichtfertig adoptiert. Geraten deshalb ältere Menschen neben dem sozialen auch noch auf das sprachliche Abstellgleis, weil ihnen immer mehr unverständliche englische Bezeichnungen den klaren Durchblick erschweren?

Sogar russisches Vokabular hatte trotz der engen ideologischen Bindung an die Sowjetunion nur geringe Außenseiterchancen, in die ostdeutsche Sprachfamilie aufgenommen zu werden. Bei englischen Begriffen ist das anders. Sie werden ungefiltert über uns ausgeschüttet und setzen sich sofort überall fest. Wir Älteren finden zum Beispiel auch heute noch bestimmte Erscheinungen interessant, faszinierend, begeisternd, großartig oder begehrenswert – manchmal auch nur prima, fein oder toll. Bei unserem Nachwuchs beschränkt sich diese Vielfalt meistens nur auf ein allumfassendes »cool« oder wenigstens noch deutschstämmiges »geil«. – Arme Muttersprache, geplagt von Reformen und von der eigenen Brut missachtet! Leidet sie ebenso wie die bewährten menschlichen Wertvorstellungen unter den vielen Missbildungen der neuen Zeit?
Zwar muss sich heute niemand mehr eine politische Tarnkappe aufsetzen, dafür entwickeln sich immer öfter handfeste menschliche Barrieren, hinter denen sich viele verbergen und deshalb auch ihre Mitmenschen kaum noch wahrnehmen. Im Moment versuchen viele im Alleingang mit krampfhaften Klimmzügen ihre Nasenspitze über die höchste Sprosse des sozialen Klettergerüstes zu bekommen. Sie ziehen und ziehen, müssen aber nicht selten feststellen, dass ihre Kraft dafür nicht ausreicht, denn das Gewicht ihrer Probleme zieht sie immer wieder auf den harten Boden der Tatsachen hinab. Jeder neue Versuch erfordert einen enormen Kraftaufwand und verleitet etliche zum Aufgeben.
Mit diesem schleichenden Prozess wird gleichzeitig auch ein wichtiger Schutzmechanismus geschwächt, der uns vor der Willkür der Politik schützt. Ignoranz und Manipulation – das ist die bucklige Verwandtschaft, mit der sie durch das Land

stürmt und allerhand Flurschäden anrichtet. Das Volk hofft zwar nach jeder neuen Wahl auf eine Änderung dieses Zustandes, doch die Erwartungen sind meistens nur Seifenblasen. Kaum haben sie uns zum Träumen gebracht, zerplatzen sie auch schon wieder.

Erwarten wir deshalb nicht zu viel von der Politik, sondern denken dabei auch an unsere eigene Verantwortung. In den Köpfen vieler Menschen aus Ost und West ist die Sichtweise der gesamtdeutschen Problematik leider noch viel zu sehr auf die beiden politisch geprägten Himmelsrichtungen fixiert. Um das zu ändern, muss die Politik schleunigst für annähernd gleiche Bedingungen sorgen, die ein schleppender Prozess im Moment leider noch nicht bieten kann. Das ist auch ein Grund dafür, warum viele Leute aus den neuen Bundesländern immer noch die billigen Lebensmittel, kostenlose soziale Leistungen und soziale Sicherheit aus DDR-Zeiten mit dem gegenwärtigen Leben vergleichen und am liebsten alles gleichzeitig haben möchten. Doch das Leben ist nun mal kein Wunschkonzert und von verschiedenen Partnern ein bisschen schwanger sein, das ist erfahrungsgemäß nicht möglich. Da muss einer reichen. Vielleicht hilft uns schon ein Seitenblick zu den ärmsten Ländern der Welt weiter, damit wir zufriedener werden. Es kann auch sein, dass einige in ihrer Gutgläubigkeit etwas zu euphorisch in die neue Zeit getorkelt sind, weil sie zu überschwänglich gefeiert und dadurch ihren vielzitierten kritischen Blick auf die Realität verloren haben. Jetzt wachen sie langsam mit Kopfschmerzen auf und sind unzufriedener als zuvor.

»Deutschland – Hurra!« Diese Jubelrufe sind inzwischen längst im sperrigen Unterholz des deutschen Waldes verhallt. – »Hurra, wir sind arbeitslos!« klingt wohl auch nicht ganz so toll. Auch wenn »wir« plötzlich »Papst« oder anlässlich der Fußball-WM im eigenen Land alle sogar »Deutschland« sein sollen, lässt sich das angestrebte »Wir-Gefühl« nicht erzwingen. Dafür sind die sozialen Unterschiede zu groß, denn im Laufe der Zeit ist der »Sozialen Marktwirtschaft« ist ihr prägendes Attribut längst abhanden gekommen.

Was nun? – Republikflucht zurück in den Osten geht nicht mehr. Die »gelernten« DDR-Bürger kramen deshalb in ihrem Restwissen aus politischen Pflichtveranstaltungen und forschen nach möglichen Ursachen. Sie kommen zu dem Ergebnis, dass die neue Staatskarosse ebenfalls kein echter Volkswagen ist, weil die Wagenlenker handfeste private Interessen verfolgen.

Was könnte denn nun die perfekte Staatsform sein – Demokratie, Diktatur oder ein Zwischending? In einer Familie ist diese Frage einfacher zu beantworten. Da bestimmt im Zweifelsfall immer der dominante Partner den Kurs. Liebe Männer, fragt mal euere Frauen, wer das ist. Die werden es euch schon sagen. Daran könnte sich die Politik getrost ein Beispiel nehmen.

Wir hängen sicherlich auch heute als Marionetten an einem Faden und reagieren in den meisten Fällen nur dann, wenn daran gezogen wird. Diese Schnur hat jetzt nur eine andere Farbe, bündelt aber ebenfalls unser Leben in einer von sozialen Unterschieden geprägten humorlosen »Spaßgesellschaft«. Vielleicht gelingt es ja irgendwann einmal, die beiden Enden dieser Fäden miteinander zu verknüpfen. Im Moment pendeln sie jedoch noch weit auseinander und nur die gut gemeinte Feststellung, dass »wir« das Volk sind, kann sie wohl kaum vereinen. Da gehört mehr dazu.

Auch wenn man nicht gleich das ganze Getriebe dieser Staatskarosse auswechseln kann, an einigen Schräubchen oder Rädchen lässt sich schon etwas verstellen. Es ist sicher nicht akzeptabel, wenn jemand als notorischer Querulant prinzipiell gegen den Strom der Gesellschaft schwimmt. Doch auf Grund unserer bisherigen Erfahrungen ist es ratsam, dass wir die vorgegebene Richtung gründlich hinterfragen und nicht einfach kritiklos hinnehmen.
In der DDR wurden solche Kritiker und »Schwimmer gegen den Strom« generell aus dem Verkehr gezogen. Deshalb dürfen gerade jetzt die beiden Söhne von Mutter Deutschland nicht zu sorglos im Strom der Zeit herumplanschen, sonst werden sie womöglich von der unberechenbaren Strömung davongetragen.

Wendeträume

Sommerträume werden wach,
wenn Schnee und Eis das Land umfängt
und der kalte raue Wind
Bewegung und Gefühl beengt.
Sie gehen dann fast ungebremst
als Wünsche auf die Reise –
ganz leise.

Sind sie im Sommer angekommen
nach ihrer Reise in den Süden,
ist es zu laut, zu heiß, zu fad
und sie sind unzufrieden.
So geht dann auch der schöne Traum
von einer raschen »Winter-Sommer-Wende« –
schnell zu Ende.

Jede Reise hat ein Ziel,
auch die in unserem kurzen Leben
und Fahrten in ein Märchenland,
die wird es niemals geben.
Wir können nur mit ganzer Kraft
den Reisestress vertreiben –
und bleiben.

Feinstaubalarm

Die Gewohnheit ist wie ein alter Ackergaul, der seinen Weg kennt und nur dann von ihm abweicht, wenn ihn am Wegrand ein appetitlich aussehender Leckerbissen dazu verleitet. Die folgende Episode soll verdeutlichen, dass auch wir gerne auf einem solchen Gaul reiten, der uns seinen Trott aufzwingt, wenn wir nicht dann und wann unseren eingefahrenen Lebensweg verlassen und nach neuen Möglichkeiten suchen.

Vor dem Haus rumpelt und poltert es plötzlich wie bei einem Gewitter aus heiterem Himmel. Im gleichen Augenblick steigt statt einer Regenwolke eine mächtige schwarze Staubwolke wie ein Fremdkörper in den blank geputzten Sommerhimmel und verdunkelt für einige Zeit den Blick auf die Sonne. Dann beugt sie sich aber doch allmählich dem Gesetz der Schwerkraft und legt sich widerwillig auf den Pflanzen und Bäumen des Vorgartens zur Ruhe nieder. – Feinstaubalarm!

Sofort ist in der näheren Umgebung ein kollektives Klappern von Fenstern zu hören. Die besorgten Hausfrauen schützen aus alter Erfahrung ihre Stubenreinheit vor dieser heimtückischen Drecklawine und beobachten hinter den sauberen weißen Gardinen neugierig den Fortgang des Geschehens.

Was ist denn da so Seltsames passiert? – Nun, bis vor wenigen Jahren eigentlich nichts Besonderes. Jetzt schon, denn der Anblick von einem großen Haufen Brikett als Wintervorrat hat mittlerweile Seltenheitswert, weil außer mir kaum noch jemand damit heizt. Zum Glück muss ich mir diese staubige Tortur auch zum letzten Mal antun, weil mich mein persönlicher »sturer Ackergaul« nach längerem Zögern nun doch zu einem Leckerbissen am Wegrand geführt hat, einer Gasheizung mit Solarunterstützung! – »Die Sonne verlangt keine Rechnung!«, so verspricht es zumindest die Werbung. Der Installateur aber schon, deshalb ist das Ganze auch nicht gerade billig.

Den achtzig Zentnern des mehr oder weniger fest zusammengepressten Braunkohlendrecks, die gerade geräuschvoll von der Ladefläche des Kohlenlasters auf den Gehweg vor unserem Haus gerauscht sind, ist das verständlicherweise völlig egal. Sie liegen herausfordernd als schwergewichtiges Mahnmal vor meinen Füßen und warten auf eine artgerechte Unterbringung in ihrer dunklen Kellerpension.

Eine alte Kohlen-Weisheit besagt: Je größer die Wolke – desto schlechter die Qualität! Zu DDR-Zeiten waren die Staubwolken wesentlich größer als heute. Dafür ist es jetzt der Preis, der den Verbrauchern trotz des günstigeren Sommerangebotes als dunkle Wolke in die Nasen steigt. In diesem Zusammenhang wird sicher jedem klar, warum das liebe Geld manchmal auch als »Kohle« bezeichnet wird.

Trotz der trüben Gedanken bleibt mir nichts weiter übrig, als das staubige Werk zu beginnen. Die notwendigen Gerätschaften dafür habe ich vorsorglich schon bereit gestellt, damit es ohne große Vorrede gleich losgehen kann. Schwitzend trage ich dann die kleinen schwarzen Wärmespender Eimer für Eimer durch den angrenzenden Vorgarten bis hin zu einer Rutschbahn, die als Richtungsanzeiger im Kellerfenster steckt und den Briketts ihren Weg in den Kellerschlund weist. So geht das stundenlang.

Dabei bieten sich für alle, die eine solche Prozedur nicht mehr bewältigen müssen, genügend Gelegenheiten für etliche hu-

morvolle Lästereien. Der erste Gast in diesem Straßenkabarett ist ein hintergründig lächelnder Nachbar. Er bleibt mit seinem kleinen Handwägelchen neben mir stehen und bringt damit auch ruckartig das Klapperkonzert der leeren Bierflaschen im darauf stehenden Kasten zum Verstummen. – Leider nur das, denn er kann sich anschließend die humorige Frage nicht verkneifen, was das denn für komische schwarze Dinger seien, die ich da bei größter Sommerhitze in den Keller schütte. Ich lache pflichtgemäß und appelliere anschließend an seine Hilfsbereitschaft. Natürlich vergeblich, denn er winkt nur dankend ab. – »Mach mal alleine weiter. Ich habe Wichtigeres zu tun!«, meint er und deutet dabei vielsagend auf den leeren Kasten. Die Flaschen klirren beifällig, als er sein Gefährt wieder in Bewegung setzt.
Ich bin schon froh, dass ich die vollen Eimer jetzt durch ein ausgehängtes Zaunfeld nur noch einige Meter durch den Garten schleppen muss. Vorher war es nämlich üblich, sie vom Hof aus über die Treppe durch das niedrige Kellergewölbe zu tragen. Das ging nur gebückt, weil sonst riesige Beulen oder ein aufgeschlagener Kopf mit funkelnden Sternchen vor den Augen auf den Träger warteten und damit jede Unachtsamkeit sofort schmerzhaft bestraften.
Die wärmespendenden Eigenschaften dieses Heizmaterials machen sich im Laufe der Zeit auch ohne Feuer bemerkbar und bringen mich immer mehr ins Schwitzen. Schweiß und Kohlenstaub ergeben eine kräftige Schminke, die das Gesicht lustig einfärbt. Wenn der schwarze Haufen sichtbar kleiner zu werden beginnt, dann wird es Zeit, im Keller die Spitze des aufgeschütteten Kohlenberges zur Seite zu schieben, der wie ein riesiger dunkler Stalagmit angewachsen ist. Sie muss weichen, damit der Rest von draußen wieder

besser nach unten gleiten kann und nicht dauernd die Rutsche verstopft.
Kaum bin ich wieder oben angekommen, da wartet auch bereits der nächste Spaßvogel auf mich und meldet sich zu Wort. Indem er sich lässig mit einer Hand am Gartenzaun abstützt, gibt er gönnerhaft eine Kostprobe aus seinem karnevalistischen Wissensschatz zum Besten. – »Ich würde an deiner Stelle den ganzen Haufen gleich auf der Straße anbrennen, da hast du weniger Arbeit.« – Auch nicht schlecht! Ich lächle tapfer über den alten Kalauer und wirble beim Einschaufeln in die Eimer absichtlich etwas mehr Staub als notwendig auf, damit er seine nervende Position als hautnaher Spötter von selbst räumt und wieder seiner Wege geht. Es gibt aber auch hartnäckige Zeitgenossen, die viel Zeit haben und standhaft ihren Schlaumeierposten behaupten. In solchen Fällen hilft nur ein zeitweiliger Rückzug, dann löst sich dieses Problem von selbst.
Wenn man Einzelkämpfer in Sachen Wintervorrat ist, dehnt sich diese Aktion auf etliche Stunden aus. Früher war so etwas eine wichtige Angelegenheit für die gesamte Sippe. Teilweise standen sogar die Nachbarn mit auf der »Matte« und beteiligten sich an diesem Spektakel. Als Dankeschön durften sie dann am Ende je nach Umfang ihrer Hilfe ein bis zwei gefüllte Eimer mit nach Hause nehmen. Die Frauen waren mit Kittelschürzen und einem Kopftuch-Turban bekleidet und füllten mit flinken Händen die Eimer, die dann von den Männern weggetragen und ausgeschüttet wurden. Waren Kinder mit von der Partie, wuselten sie ebenfalls mit herum und sahen hinterher den Briketts selbst zum Verwechseln ähnlich.
Kurz bevor der Brikettberg endgültig verschwunden ist,

bringen noch einige Nachbarn beim Vorbeigehen ihr Bedauern darüber zum Ausdruck, dass ich meine Ofenheizung aufgeben will. Das geschieht hauptsächlich deshalb, weil sie ihre Holzabfälle, die sie mir zum Verheizen gebracht haben, nun selbst entsorgen müssen. Aber wir ehemaligen DDR-Bürger halten aus alter Gewohnheit meistens noch etwas in der Hinterhand verborgen. Bei mir ist es ein zweiter Schornstein, der für die Gasheizung nicht benötigt wird. Somit bleibt für alle Fälle auch noch ein Ofen stehen, mit dem wir die hohen Energiekosten etwas verringern und dabei durch eine Holzfeuerung sogar noch etliche »Kohle« sparen können.

Der Ofen ist aus

Wenn plötzlich etwas Vertrautes nicht mehr benötigt wird, dann kommt bei den meisten Menschen auch ein bisschen Wehmut auf. Dabei trauern wir nicht den Mühen und Entbehrungen nach, sondern viel mehr der verlorenen Romantik. Die Erfahrungen aus der Vergangenheit werden oft leider viel zu leicht verdrängt. Deshalb ist es auch eine Aufgabe der älteren Generation, den jungen Leuten davon zu erzählen und sie damit neugierig zu machen. Wenn Altes gekonnt neu aufpoliert wird, kann es sogar für die wählerisch gewordene Jugend wieder interessant werden. Denken wir dabei nur an die romantische Wirkung von Kerzenlicht, Kamin- oder Lagerfeuer. Die lodernden Flammen übten schon immer eine magische Wirkung aus. Warum sollte das heute plötzlich nicht mehr so sein?

So war es für mich auch nicht verwunderlich, dass selbst der alte Ofen in unserem Wohnzimmer für einen halbwüchsigen Stadtjungen, der bei uns zu Besuch war, großes Interesse hervorrief. Er kannte bisher nur die Wärme aus den Heizkörpern an den Wänden, die mit einer kleinen Handbewegung ganz schnell herbeigeholt werden kann. Aus diesem Grund wollte er auch soviel wie möglich über diesen ehrwürdigen Wärmespender erfahren.

Die Handhabung war schnell erklärt. Danach waren meine eigenen Erfahrungen gefragt, die gegen Ende des zweiten Weltkrieges begannen. In dieser Zeit herrschte im Winter in den Kellern oft eine gähnende Leere. Man musste sich für ein bisschen Wärme manchmal erst Heizmaterial von mitleidigen Nachbarn leihen, die selbst noch etwas hatten. Um den Ofen zu füttern, wurden häufig die dürren Zweige

in den umliegenden Wäldern gesammelt und in großen Tragkörben oder als verschnürte Bündel auf dem Rücken nach Hause getragen. Deshalb wirkten die Wälder damals aufgeräumt wie die »guten Stuben« an Feiertagen.
Mein Großvater gelangte wie viele andere zu Brennholz, indem er in mühevoller Handarbeit alte Baumstümpfe ausgrub und zerteilte. Da in unserer Gegend früher Bergbau betrieben wurde, suchten wir als Kinder auch auf den Abraumhalden nach Kohlestücken zum Verheizen.
Manche Leute machten es sich dagegen einfach und verheizten alles, was nicht niet- und nagelfest war. So verschwanden in dieser Zeit über Nacht einmal etliche Türen aus den Gartenzäunen der Umgebung. Der Rauch aus den Schornsteinen verriet nicht, was in den Öfen verheizt wurde. Erst viel später wurden verräterische Eisenteile bei der Hinterlassenschaft einer Umsiedlerfamilie gefunden, die mit ihren wenigen Habseligkeiten über Nacht in unbekannte Gefilde weitergezogen war. – Not machte eben erfinderisch!
Die staatlichen »Kohlenkarten«, die zum Kauf einer bestimmten Menge Heizmaterial berechtigten, nutzten oft auch nichts, weil die Händler nicht immer welches anzubieten hatten.
In den meisten Haushalten wurden zwei Öfen betrieben – der multifunktionelle Küchenherd und der große Kachelofen im Wohnzimmer. Letzterer wurde nach dem Beheizen zugeschraubt und gab dann über einen längeren Zeitraum die Wärme durch seine Kacheln in den Raum ab. Die Ofenbank davor war ein beliebter Platz, weil man da seinen Rücken bequem anlehnen und aufwärmen konnte. Im Winter war er das Zentrum der Gemütlichkeit. In seiner Nähe verrichtete man kleinere Hausarbeiten, unterhielt

sich oder hörte Radio. Fernsehen war da noch ein Fremdwort. Um Heizmaterial zu sparen, war es auch allgemein üblich, bei den Nachbarn zu klingeln und dort das Gleiche zu erleben. – »Hutzen gehen« nannte man das.

Mit dem Küchenherd wurde geheizt, gekocht sowie in der Ofenröhre gebacken und gebraten. In der Herdplatte war ein Ofentopf eingelassen, der mit Wasser gefüllt wurde und beim Heizen ständig für heißes Wasser sorgte. Das konnte dann mit dem daneben aufgehängten »Nieselmaß« herausgeschöpft werden. An der Herdplatte war außen eine Ofenstange angebracht, die als Trockner für die feuchten Handtücher oder kleinere Wäschestücke diente. Größere Teile hängte man auch häufig an einer Leine auf, die über den Ofen gespannt war. In der Glut des Feuerloches wurde bei Bedarf die Brennschere für die weibliche Lockenpracht erhitzt und ebenfalls der Stahlkern für das altertümliche Bügeleisen, der mit dem Feuerhaken vorsichtig wieder herausgeangelt wurde. An den Wochenenden kam der große Topf für das Badewasser auf die Herdplatte. Der diente auch zum Auskochen für die Windeln der Kleinkinder und zur Erntezeit zum Einkochen von Obst und Gemüse. Am Rand der eisernen Herdplatte standen bei uns immer ein Grauer Emailletorf und eine braun geflammte Kaffeekanne mit »Muckefuck-Malzkaffee« zum ständigen Verbrauch bereit. Unter dem Herd war ein Kasten für das Heizmaterial eingeschoben. Abluft, Ruß und Flugasche wurden über ein schwarzes Ofenrohr in den Schornstein abgeleitet und die Restasche fiel durch ein Rost in den sich darunter befindenden Aschekasten. Der wurde dann täglich im gemauerten Aschehäuschen im Hof entleert. Wenn der Wind wieder einmal seine unkontrollierbaren Spielchen trieb, musste man beim Verlassen des Hauses seine Stellung zum Aschekasten genau bedenken, damit er einem nicht die ganze Ladung ins Gesicht pustete. – Feinstaubalarm war da noch kein Thema! Das Aschehaus, das auch den gesamten Restmüll schluckte, wurde bei Bedarf ebenso von einem Bauern des Ortes entleert wie die Jauchegrube. Dafür halfen wir zur Erntezeit auf seinen Feldern mit. – Ein Geschäft zum beiderseitigen Nutzen!

Die Bergleute in der DDR schafften es trotz größter Anstrengungen nicht, den Bedarf an Kohle zu decken. Um sie anzuspornen, gab es für ihre schwere Arbeit etliche Extrarationen. Dazu gehörte auch der allseits beliebte Bergmannsschnaps. Das war ein von der Steuer befreiter Trinkbranntwein, der im Volksmund auch »Kumpeltod« genannt wurde. Er wärmte nicht nur von innen auf, sondern half auch gegen fast alle Übel. Sogar bei Haustieren, die kurzzeitig mal »dumm taten«, bewirkte er nach einer verabreichten Dosis wahre Wunder. Doch als Mittel zur Steigerung der Produktion nützte er wenig, eher als Tauschobjekt für andere begehrte Mangelwaren.

Weil das Heizmaterial oft knapp war, wurden wir als junge Leute im Winter sogar bei der Ankündigung von Tanzveranstaltungen manchmal gleich mit aufgefordert, einige Briketts mitzubringen, damit neben der Kapelle auch noch der große eiserne Ofen im Saal eine ordentliche Ausstrahlung hatte. Trotzdem waren das keine unterkühlten, sondern meistens recht heiße Zeiten, an die man gerne zurück denkt.

In den öffentlichen Einrichtungen wurde damals viel mit Rohbraunkohle geheizt, die man meistens in großen Haufen im Freien ablagerte. Diese Hügel wurden dann besonders vor Schulen oder Turnhallen zu Spielplätzen und durch

Kinderfüße, Fahrräder, Roller sowie die Witterungseinflüsse zu Riesenklumpen verdichtet, auf denen nach einiger Zeit sogar angeflogene Samen zu sprießen begannen. Der Heizwert war natürlich äußerst gering, sodass es in den Räumen nie richtig warm wurde. Selbst eine Maus hätte da keine größeren Schwierigkeiten gehabt, diese sacht vor sich hinschwelenden Feuerchen auszupinkeln. Die Nachfahren dieser »Pinkelmäuse« haben heute ganz bestimmt andere Probleme als derartige Schwelbrände zu löschen. Außerdem ist das Feuer in diesen Öfen längst von selbst ausgegangen.
Obwohl mein junger Zuhörer diese Einzelheiten rund um den Ofen sehr interessant und lehrreich fand, wollte er doch lieber nicht mit der Vergangenheit tauschen.
Die Realität hat uns inzwischen längst alle eingeholt und oft sogar schon überholt. Sie ist meistens schneller als wir und drängt uns im Laufduell mit der Zeit Platz um Platz zurück. Doch auch hintere Plätze sind noch längst kein Grund zum Verzweifeln, solange man die Spitze nicht vollkommen aus den Augen verliert.

Blattgold

Im Herbst hängt ausgelaugt und matt
an einem Baum ein welkes Blatt,
darunter fließt ein kleiner Bach
und kitzelt seine Träume wach.

Das Blatt kennt seine Lebensschranken
und stürzt sich deshalb ohne Wanken
kopfüber in die Wasserflut
bevor der Wind es mit ihm tut.

Nun schwimmt als Schiffchen es dahin,
und sucht nach neuem Lebenssinn,
sogar ein Käfer rettet sich
glücklich auf das Blätterschiff.

In traulicher Gemeinsamkeit
genießen sie die schöne Zeit
und steuern mutig ihr Geschick –
sei es auch nur ein kurzes Stück.

Falsche Weihnachtsmänner

Wir Menschen sind schon manchmal ein seltsames Völkchen. Je mehr wir uns darum bemühen, möglichst alles richtig zu machen, desto häufiger machen wir Fehler. Die meisten sind jedoch verzeihbar, denn wem keine unterlaufen, der ist bereits tot. Diese Erkenntnis interessierte jedoch unsere Eltern früher relativ wenig, denn sie bestraften die Fehler der Kindheit meistens sofort. Entweder bekamen wir ein paar hinter die »Löffel« oder, was weitaus schlimmer war, es gab als Strafe den verhassten Stubenarrest. In ganz schlimmen

Fällen wurde sogar der Weihnachtsmann benachrichtigt. Der sollte dann wieder alles richten. Dieser pädagogische Irrläufer erschien dann auch prompt und steckte seinen rot bemützten Kopf mit dem struppigen weißen Bart durch den Türspalt. Nach einigen derben Ermahnungen zog er sich dann rasch wieder in sein Herrschaftsgebiet im hohen Norden zurück. Dieser enorme Reiseaufwand für solche kleinen Vergehen lohnte sich in den meisten Fällen aber doch, denn die Wirkung dieses hinterhältigen Rituals hielt für einige Zeit an.
Funktionierende Systeme sollte man nicht zerstören – So dachten wohl auch zur Wendezeit einige seltsame Mutanten aus der Zunft der Weihnachtsmänner und erprobten ihre Wirkung nicht nur bei den Kindern, sondern bezogen auch gleich die Erwachsenen mit ein. Sie mussten nicht einmal gerufen werden. Nein, sie tauchten aus heiterem Himmel von selbst überall im Osten auf und gaben den Ton an. Angereist waren sie aber nicht etwa aus der angestammten Heimat der »Rotmützen«, sie kamen vie mehr mit viel Getöse aus westlicher Richtung und erklärten uns das Leben. Ihre äußeren Erscheinungsbilder wichen allerdings stark von der gewohnten Arbeitskleidung ab, denn diese falschen Rupprechte erschienen in Schlips und Kragen und gingen sofort auch den verwaisten Staatsbetrieben an die selbigen.
Eigentlich sollten sie ja das ehemalige Volkseigentum zum Wohle der Menschen verwalten, doch sie bedienten sich nur selbst. Und wie das bei Weihnachtsmännern so üblich ist, verschwanden sie nach einem kurzen Gastspiel entgegen der gängigen Praxis des Beschenkens mit eigenen Geschenken wieder von der Bildfläche. In ihrem Privatgepäck hatten

sie für eine symbolische Deutsche Mark die fettesten Happen aus der Konkursmasse der DDR und zusätzlich noch saftige Fördergelder. Eine eher unrühmliche Rolle spielte dabei die sogenannte »Treuhandgesellschaft«, die den vorgegebenen Rechtsgrundsatz von »Treu und Glauben« sehr seltsam auslegte. In einer Liebesbeziehung wären die Partner nach einem solchen Treuebruch sicherlich nicht so einfach wieder zur Tagesordnung übergegangen. Aber ein solches Verhältnis bestand hier von Anfang an nicht.

Nach diesem wirtschaftlichen Tötungsdelikt blieben nur »abgewickelte« Betriebe und frustrierte Menschen zurück. – Eine schöne Bescherung! Da ist wohl einiges ganz schön schief gelaufen im innerdeutschen Weihnachtsgeschäft.

Als Leichtgläubige aus dem Tal der Ahnungslosen sind wir von solchen Machenschaften total überrascht worden und sollten deshalb wenigstens in Zukunft aufmerksamer sein, damit wir nicht mehr als unvermeidbar behindert, belästigt oder geschädigt werden. Dafür genügt manchmal bereits ein Blick in die gut gefüllte Kramkiste unserer Lebenserfahrungen. Dort entdecken wir dann hoffentlich genügend gesundes Misstrauen, das uns nicht zu bequemen Duldern werden lässt. Ganz sicher finden wir dort auch noch einige passende »Zutaten«, mit denen wir uns ein schmackhaftes »Lebenssüppchen« zubereiten können. Immer nur »Braten« will sowieso keiner. Wie wäre es dann also mit meinem Lieblingsgericht, einem »deftigen Eintopf«, in dem von allem etwas zu finden ist. Sensibel dosiert oder auch kräftig gewürzt kann er jedem Geschmack gerecht werden. Davon darf es dann sogar mal eine Kelle mehr sein. – Man gönnt sich ja sonst nichts!

Es ist auch nicht weiter schlimm, wenn einige nur die besten Happen davon naschen. Das ist immer noch besser als eine totale Fastenzeit oder eine Tischrunde mit pessimistischen Nörglern, selbstgefälligen Egoisten und entarteten »Weihnachtsmännern«, denen man nichts recht machen kann. Sie stecken ihre Nasen zwar in jeden »Topf«, aber sie mäkeln nur herum. – »Was ist denn da bloß alles drin? Das schmeckt mir nicht! Ja, bei mir …!«
Schon der Hauptbestandteil dieser allseits beliebten »Mahlzeit«, eine positive Lebenseinstellung, passt nicht in ihren »Speiseplan«. Dabei ist doch gerade sie ein gutes Hausmittel gegen alle Beschwerden. Auch andere Zutaten verwenden sie äußerst sparsam oder schätzen ihre Wirkung falsch ein. Da wird zum Beispiel Hilfsbereitschaft mit Dummheit und Willensstärke mit Überheblichkeit gleichgesetzt. Spontane Tatkraft verwechselt man mit Unüberlegtheit, Ausdauer und Selbstüberwindung mit Irrsinn. Auch Genügsamkeit und Missbilligung von Schulden oder Verschwendung stempeln sie als Geiz ab. Selbst die prägnante Würze mit Humor und etlichen anderen Geheimzutaten schmeckt ihnen nicht. Sie bevorzugen mehr eine dünkelhafte Arroganz auf einem Silbertablett und bezahlen dafür jeden Preis – auch den der Einsamkeit.
»Guter Geschmack« ist bekanntlich ein beliebtes Streitobjekt! Am Ende muss zum Glück jeder das »auslöffeln«, was er sich selbst »eingebrockt« hat. Dabei wird er dann schon merken, wenn er sich mit ungeeigneten »Zutaten« den Magen verdorben hat. Manchen Menschen ist es aber auch vollkommen gleichgültig, was sie in sich hinein stopfen. Sie »essen« das, wovon ihnen am wenigsten schlecht wird. Doch du bist nun mal, was du »isst«. Deshalb sollten wir un-

sere Lebensauffassungen aus dem »Kochbuch des Lebens« gezielt und gut durchdacht verwenden und nicht auf die Seiten eines Würfels schreiben, wo nach jedem Wurf der Zufall entscheidet, welche gerade oben liegt. Das wäre ein Lotteriespiel und keine Auswahl aus Überzeugung.
Trotzdem dürfen natürlich die »kleinen Leckereien« nicht fehlen. Sie versüßen das Leben, verhindern eine zu einseitige »Ernährung« und regen den Appetit auf das Wesentliche erst richtig an. Beim regelmäßigen Genuss einer solchen gehaltvollen »Nahrung« stellt sich meistens ein zufriedenes Sättigungsgefühl ein. Man sollte das Ganze aber keinesfalls zu hastig hinunter schlingen, denn nichts wird so heiß gegessen, wie es gekocht wird.

Flotte Bienen

Die Herrschaft von Vater Staat funktioniert im Prinzip wie das Ordnungssystem in einem Bienenstock, das er als Imker selbst reguliert. Die Menschen sind das Bienenvolk mit einer gewählten Königin an der Spitze, die allerdings nicht zu Höhenflügen starten kann. Die fleißigen Arbeitsbienen sammeln, wenn man sie nicht daran hindert, mühsam den Blütenstaub auf und verwandeln ihn in kostbaren Honig. Den schöpft der Imker ab und füttert billiges Zuckerwasser zu. Davon soll dann der Nachwuchs ernährt werden, was aber nicht immer gelingt. Nur die Drohnen leben nicht schlecht davon. Die Waben sind unsere Familien und bilden das Fundament der Menschengemeinschaft. Sie benötigen für ihr Bestehen ein ausgewogenes Klima, denn sie reagieren äußerst sensibel auf Überhitzung oder Kälte. Irgendwie ge-

lingt es den Bienen aber wesentlich besser als uns, die Erfordernisse ihrer gesellschaftlichen »Klimaanlage« in den Griff zu bekommen. Sind sie etwa besser organisiert als wir?
Die menschliche Variante reagiert auf alle Fälle individueller und auch egoistischer. Ihr Zusammenleben wird unter anderem sehr stark von den oft seltsamen und eigenwilligen Beziehungen ihrer weiblichen und männlichen Mitglieder beeinflusst und pendelt wie zwei politische Parteien, die gemeinsam regieren wollen, zwischen liebevoller Zuneigung und störrischer Ignoranz hin und her. – Nicht Bienen, sondern Esel wie du und ich! Bleiben sie in diesem Stadium stecken, muss man sie ewig mit Stroh füttern. Ansonsten dürfen sie wie Bienen überall umherfliegen und ausprobieren, was ihnen am besten schmeckt. Irgendwann haben die Naschereien jedoch ein Ende und die beiden Menschenkinder müssen ebenso wie politische Parteien im Wahlkampf endlich Farbe bekennen. Dann gilt: Keine Zuneigung – keine Hochzeit, kein Vertrauen – keine Gemeinsamkeit!
Im Idealfall sind Staat und Familie zwei gleichlaufende funktionierende Systeme, die einen geregelten Ablauf des Lebens ermöglichen. Die Realität hat jedoch ein Hinkebein und wird deshalb öfters vom organisierten Chaos überrollt. Auf politischer Ebene gibt es zur Bewältigung solcher Probleme eine Menge Lehrbücher von schlauen Menschen. Ich bin aber fest davon überzeugt, dass auch den Evastöchtern über Generationen ein geheimes Buch vererbt wird, das sie über ihre Machtbefugnisse aufklärt. Wie wären sonst wohl die fast identischen Verhaltensweisen der Frauen zu erklären?
Aus den genannten Gründen sind die nachfolgenden Gedankensplitter von den zwischenmenschlichen Beziehungen sowie ihre Beeinflussung durch verschiedene politische Sys-

teme durchaus auch als ein Zwillingspaar zu sehen – zwar nicht eineiig, aber doch mit den gleichen Anlagen ausgestattet. Bei ihrem Werden, Bestehen oder auch Vergehen sind alle Möglichkeiten offen. Sie sind aber stets vom guten Willen der Partner abhängig. Beide müssen dabei ihre individuellen Besonderheiten so abstimmen, dass sie im Zusammenklang eine neue Qualität erreichen.
Bei den Frauen ist damit keinesfalls der neue dralle Busen gemeint, mit dem ein Schönheitschirurg neben ihrer erotischen Ausstrahlung gleichzeitig auch noch seinen Kontostand »angehoben« hat und ebenfalls nicht die Beseitigung der penetranten männlichen Schweißfüße durch eine Amputation. Hierbei geht es vielmehr um echte menschliche Werte, die jeder erst mal sorgfältig aufpoliert, bevor er sie seinem Partner auf einem Silbertablett präsentiert. Für viele ist es anfangs kaum vorstellbar, dass eine solche Beziehung später einmal zu bröckeln beginnen kann und dann oft leichtsinnig dem eigenen Egoismus geopfert wird. Und doch geschieht das immer wieder, wenn die erste Hitze aus der Glut entwichen ist und kurzzeitig verdrängte Gegensätze langsam wieder ihr Eigenleben entfalten. – Liebesschwüre haben meistens nur ein kurzes Verfallsdatum! Woran das liegt, das ist im Gegensatz zur Politik bei menschlichen Partnerschaften nicht so leicht zu erkennen.
Wenn man der christlichen Legende Glauben schenkt, dann ist der Ursprung aller Freuden und Leiden zwischen Männern und Frauen im Paradies zu suchen, wo Eva ihren Adam wohl nicht nur mit einem Apfel verführt haben dürfte. Damit haben sich beide die Suppe eingebrockt, in der sie noch heute mit unterschiedlich großen Löffeln herumrühren und ganz schön daran zu schlucken haben.

Mit ihrer Existenz entstand gleichzeitig auch das erste Zweiparteiensystem, das von Anfang an durch unterschiedliche Meinungen und Ansichten geprägt ist. Bei diesem munteren Treiben sind auch etliche Teufel als Unruhestifter mit von der Partie und pfuschen mit ihren höllischen Machenschaften dem Liebesgott ständig in sein Handwerk. Sie verbergen sich strategisch geschickt in allen möglichen Schlupflöchern des Alltags und treiben aus dieser Deckung heraus ihr Unwesen. Manchmal versteckt sich einer von ihnen auch im »Detail«, ganz bestimmt aber öfters im Blusenausschnitt oder anderen verfänglichen Gegenden von Eva und ihren Schwestern. Dort ist bisweilen sein aufreizendes Kichern zu vernehmen, mit dem er die Aufmerksamkeit von Adam und seinen Artgenossen in diese Richtung lenkt.
So wird ein Spiel in Gang gesetzt, das leider oft nur so lange Spaß macht, bis der süße rotbäckige Apfel der Versuchung zu einem unansehnlichen Zankapfel zusammengeschrumpft ist. Dann gewinnen Konflikte die Oberhand, die sich eigenständig ernähren und mit der Zeit immer dominanter und fordernder werden, bis sie dann irgendwann den bunten Träumen der Zweisamkeit den Lebensraum streitig machen.
In solchen Situationen ist selbst für professionelle Friedensengel kein Platz mehr am Spieltisch des Lebens. Sie ecken überall mit ihren sperrigen Schwingen an und werden zu wirkungslosen Statisten degradiert. Also nehmen selbst die eifrigsten Vertreter dieser Spezies ihre Flügel ab und werden zu entrückten »Podestengeln«, die sich nur noch aus der Ferne anhimmeln lassen. Zum Glück gelingt es aber doch einigen dieser Flatterwesen, bis zu ihren Schutzbefohlenen vorzudringen und sie vor solchen Turbulenzen zu

bewahren. Das werden dann später die »alten Latschen«, die als Paar gemeinsam alt geworden sind. Die politischen Paarungen sind meistens wesentlich kurzlebiger. Eine der wenigen Ausnahmen gab es in der DDR, wo die Zwangsehe der Parteien bis zum bitteren Ende Bestand hatte.
Es ist schade, dass in der heutigen Zeit immer mehr Partner vorzeitig ihre gemeinsame Umlaufbahn verlassen und sich eine neue suchen. Nur gelegentlich kreuzen sich ihre Wege wieder in der Weite des Lebens. Dabei kann es an diesen Berührungspunkten durchaus noch einmal aufblitzen. Entweder verschreckt sie dieser Blitz endgültig oder er ist stark genug, sie wieder zu verschmelzen. Alles ist möglich, denn das Leben ist Himmel und Hölle zugleich. So kommt es am Ende auch immer wieder dazu, dass sich die Betroffenen ein paar Tränen aus den Augen wischen, weil sie über den Verlauf und den Ausgang ihrer Beziehung erschüttert sind. – Wie konnte es nur so weit kommen? Es fing doch alles so schön an!

Feuersglut

Aus grauer Vorzeit überdauert
hat die Macht der Feuersglut,
die uns geheimnisvoll belauert
und straft bei zu viel Übermut.

Versinkt der Blick in ihrem Bann,
taucht sie in rosarot die Stunden
und manches Liebespaar hat so
ihre Zweisamkeit gefunden.

Die Lebensglut schmilzt harte Herzen,
sogar Metall und festen Stein,
leuchtet auch in Weihnachtskerzen
und dringt in unsere Seelen ein.

Sie birgt das Licht der Menschlichkeit,
beengt des Fegefeuers Macht,
pulst in den Adern unserer Zeit
und leuchtet uns in dunkler Nacht.

Schnupperkurs für Anfänger

Jeder Anfang ist schwer und benötigt eine gewisse Anlaufzeit. Auf politischer Ebene ist diese Probephase eher knapp bemessen. Bei jungen Menschen dauert sie erfahrungsgemäß etwas länger und wird von einer gewissen Neugier begleitet – besonders beim weiblichen Geschlecht.
Schon die Ahnherrin aller Evas der Neuzeit war neugierig darauf, wie weit sie mit ihren neckischen Spielchen gehen konnte, ohne dass Adam sein Interesse an ihr verlor. Dabei hatte sie es noch ziemlich einfach, denn es gab ja nur ein Zielobjekt. Heute ist die Auswahl natürlich entschieden vielfältiger und somit steigt auch der Aufwand sowie die Qual der Wahl um ein Vielfaches an. Deshalb müssen die Mittel zum Zweck auch immer wieder auf den neuesten Stand gebracht werden.
Die potenziellen Partner von morgen suchen sich ihre Opfer nach einem individuell geprägten Beuteschema an den rasch wechselnden Kontaktampeln des Lebens aus. Dort scharren sie ungeduldig mit den Füßen und warten auf die Grünphase, damit sie endlich die Straße des Lebens betreten können.
Ein Aufsparen für besondere Anlässe, wie es in früheren Zeiten bei der Kleidung, der »guten Stube« oder dem Bewahren der weiblichen und sogar der politischen »Unschuld« üblich war, gibt es kaum noch. Jeder will alles sofort haben und genießen.
Die jungen Leute brechen in dieser Zeit aus dem Familienverband aus und landen prompt im klebrigen Spinnennetz der Gesellschaft, das sie dort festhält und für ihre Zwecke rekrutieren will. Doch sie lassen sich nicht gerne festbinden

und tun das, was ihr unverbrieftes Recht ist – sie probieren das Leben in allen möglichen Varianten aus.
Beginnen wir bei Evas lebenshungrigen Töchtern. Kaum ist die vierzehnte Kerze auf ihrer Geburtstagstorte ausgepustet, werfen sie auch schon mit verheißungsvollen Blicken um sich, die etwas versprechen, was sie ebenso wie viele Politiker später meistens nicht halten können. Sie begeben sich auf die Suche nach dem erträumten geheimnisvollen Unbekannten, der irgendwo da draußen im Getümmel noch nichts von seinem Glück ahnt. Bei dieser aufreibenden Suche auf den belebten Straßen müssen sie allerdings echt aufpassen, dass sie nicht ungewollt zu »Straßenmädchen« werden.
Um den biologischen Vorsprung der Evastöchter auszugleichen, warten Adams ungeduldige Söhne erst gar nicht ab, bis ihnen die Ampel den Weg frei gibt. Sie hetzen schon vorher hormongesteuert mit gierig heraushängender Zunge hinter den Mädchen her wie der Teufel hinter einer armen Seele. – »Teufelskerle« eben!
Wenn Rentner bei Rot über die Straße gehen, so ist das im Zuge der leeren Rentenkassen eher erwünscht als verboten. Aber die jungen Leute müssen dem Staat ja erst noch die Unkosten zurückzahlen, die sie bisher verursacht haben. Aus diesem Grund fuchteln die vorsorglich alarmierten Ordnungshüter auch sofort mahnend mit erhobenen Zeigefingern in der Luft herum. Aber selbst ihre Befugnis hat hier Grenzen.
Auch die biologischen Erzeuger sind während dieser Zeit in ständiger Alarmbereitschaft. Sie können jedoch ebenfalls nicht verhindern, dass einige »verkehrsbedingte« seelische und materielle Verbeulungen am Lebenswagen auftreten.

Doch Schwierigkeiten mit dem »Lenkzettel« sind für sie noch längst kein richtiger »Denkzettel«. Nach einer kurzen Schockphase bringen sie ihr Gefährt wieder auf volle Touren und rasen ungebremst weiter.
Ein bewusst kontrolliertes Tempo wird meistens erst jenseits der großen Alterskurve eingeschlagen. Dann stellt sich auch das richtig tolle Fahrgefühl ein – zu wissen, dass man könnte, wenn man nur wollte, es aber trotzdem nicht tut! Solche Qualitäten erreichen manche leider nie und fahren im Rausch der Geschwindigkeit ohne groß nachzudenken ewig nur mit Vollgas und Bremse durch das Leben. Das sind dann auch diejenigen, die besonders leicht an den ausgelegten Leimruten von windigen Geschäftemachern aus Politik und Wirtschaft kleben bleiben. – Billiges Kanonenfutter!
Solche verführerischen Fangmethoden sind auch fast allen Evastöchtern von der biblischen Urschlange in den Genen vererbt worden. Sie setzen sich im Dschungel der Gefühle immer wieder durch und lassen sie manchmal sogar zu falschen Schlangen werden – zu »Evakondas« statt »Anakondas«. Die schlängeln sich dann heimlich in die »Gedankengänge« der Adamsjünger und setzen sich in ihren Köpfen fest. Die reagieren maskulin, bekommen Stielaugen, Grabschhände und verbeulte Hosen. Mit ihrem naturbelassenen Charme aus schlampiger Eleganz und einem entwaffnenden Lächeln möchten sie nun endlich das Ziel ihrer Wünsche erreichen, nachdem die bildhaft greifbaren Vorstellungen und aufgepeitschten Gedanken schon lange vor ihnen dort angekommen sind.
In der Politik läuft diese Phase nicht ganz so dramatisch ab, weil die Akteure in der Regel nicht so emotional zu Werke

gehen und auch meistens schon vorher einschlägige Erfahrungen gesammelt haben.

Als der junge Adam in der Folge seiner Bemühungen zum ersten Mal einen nackten Mädchenbusen berührt, erinnert ihn das sofort an einen Ausspruch seiner »jungfräulichen« Tante, als die über einen freigelegten Babypopo strich: – »Wie Kalbfleisch!«, so staunte sie da. Mehr wusste sie nicht damit anzufangen. Er schon! Und das ist gut so, sonst würde er wohl ein Leben lang in diesem Stadium festsitzen.

Im Frühling der Gefühle ist die Luft noch mit berauschenden Düften erfüllt, die als Treibstoff für die emotional gesteuerte Fahrt ins Leben dienen. Besonders in der heißen Startphase lautet die Zielvorgabe für die beiden »Fahrschüler«, ihren biologischen Drang zu befriedigen. Wie sagt der Volksmund doch so schön – sie gehen miteinander, obwohl sie eigentlich mehr liegen. Damit nimmt eine scheinbar endlose Geschichte in allen Nuancen der Farblehre von Rosarot bis Schwarz ihren Lauf.

Es dauert auch nicht lange, dann bittet Evi den stolzen Wagenlenker mit großen Augen flehentlich darum, ob sie auch mal »kurz« das Steuer übernehmen darf. Er überlässt es ihr gönnerhaft und bemerkt erst viel später, dass es ihm im Laufe der Zeit fast gänzlich aus den Händen geglitten ist. – Dumm gelaufen Adam! Bald wirst du dich statt der Frauen auf das Grundgesetz berufen müssen, damit du deine Gleichberechtigung durchsetzen kannst. Aber tröste dich damit, dass sich dieser Trend auch auf politischer Ebene immer mehr durchsetzt, denn auch »die« Politik ist weiblich.

Bei dieser Fahrt, die am Anfang mehr einem spontanen Ausflug ins Grüne gleicht und erst später zu einer Dienstreise wird, entscheiden nicht immer die Interessen über

den Fahrer, sondern mehr die Fahrkünste. Vielleicht fährt ja Adam als Beifahrer sogar besser und sicherer als vorher? Er zweifelt das stark an, sitzt griesgrämig daneben und hat mit unguten Ahnungen zu kämpfen.
Diesen süß-saueren Gesichtsausdruck kann man auch bei manchen Politikern bewundern, wenn ihre verschleierten Gemeinheiten von der Opposition durchschaut worden sind. Ist das etwa schon eine Ursache dafür, dass der Motor der Staatskarosse oder des Familienwagens später häufig stottert und irgendwann den Dienst verweigert? – Gut möglich! Doch solche kleinen Wermutstropfen gehören nun mal dazu und werden am Anfang einer Beziehung auch schnell wieder mit den süßen Erfahrungen vermischt. Dabei rückt die charmante Weiblichkeit ebenso wie die Vertreter der politischen Parteien mit einer »Pralinenschachtel-Taktik« ihre Schokoladenseiten ins richtige Licht. Die in Goldpapier verpackten Angebote gibt es meistens in verschiedenen Geschmacksrichtungen – für jeden etwas! Die kleinen Häppchen sind äußerst verführerisch und laden zum Verkosten ein. Dabei blüht selbstverständlich auch der Etikettenschwindel. Es wird mit Farben geschönt, Größe vorgetäuscht und mit einer raffinierten Verpackung von kleinen Mängeln abgelenkt. Das macht was her.
Die Politiker haben diese Methode so perfektioniert, dass man auf dem ersten Blick geblendet ist und gar nicht auf die Idee kommt, dass da etwas nicht stimmen könnte. Auch Adam weiß praktisch nie so genau, wo er gerade hinein beißt oder was er belutscht. Doch er hat dabei wenigstens noch ein Lustgefühl auf der Habenseite. In der Politik fehlt dieser sündhaft schöne Reiz, weil die Genossen oft schon zu sehr in die Jahre gekommen sind.

Das männliche Zielobjekt ist als Gegenstück mehr eine Schnapspraline mit einem kaum verhüllenden Schokoladenüberzug. Da ist bereits auf der Packung erkennbar, was drin ist. Der weitgehend naturbelassene Inhalt ist gut überschaubar in vorgegebene Plastikformen einsortiert. Diese Leckerei benötigt keine besondere Aufmachung. Sie ist was für Kenner!

Eva geht mit ihren Reizen anfangs recht freigebig um und wird damit für Adam zu einer Wahnsinnsdroge, die süchtig macht. Er durchlebt dabei alle Stadien des Rausches und auch die Folgeerscheinungen bis hin zum Katzenjammer, wenn die Wirkung kurzzeitig mal nachlässt. Dann schnippt Evchen nur mal kurz mit den Fingern und alles geht wieder von vorne los. – Weibliche und auch politische Angewohnheiten, die den »Motor« am Laufen halten! Dabei haben es die Frauen im Leben doch eigentlich viel schwerer als die Männer, weil sie ständig eine gewichtige »Rolle« mit sich herumschleppen müssen – die »tragende Rolle der Frau« in der Familie und in der Gesellschaft! Sind sie deshalb etwa das stärkere der beiden Geschlechter?

Die vielen süßen Verführungen aus der Pralinenschachtel ihrer Beziehung spiegeln sich anfangs auch in den Kosenamen wieder. Mein Süßer! Meine Zuckerschnecke! – Verhältnisse wie im Paradies! Damit wären auch gerne einige »Genossen« gemeint. Aber hier wie da macht sich langsam der teuflische Einfluss bemerkbar, sodass immer öfter »saure Drops« bevorzugt werden. Manche vertragen auch gar keine Süßigkeiten mehr, weil sich der Abrieb der Gefühle bei ihnen zu sehr auf den Magen gelegt hat. In der politischen Szene nennt man diesen Zustand passend zu ihren Darstellern auch »Saure-Gurken-Zeit«.

Das ist aber momentan alles noch kein Thema, weil beide das Naschen noch nicht lassen können. Besonders Adam ist den süßen Ködern sehr zugetan und übersieht dabei im Eifer des Gefechts die raffiniert getarnten Fußangeln. Er verfängt sich immer mehr darin und plötzlich schnappt die »Eva-Falle« zu. – Adam der Fuchs ist gefangen!
Natürlich haben auch die gezielt ausgelegten Fallen im politischen Unterholz den gleichen Effekt. Darin sitzt oft sogar der schlaueste Fuchs fest, selbst wenn er wie in der DDR ein überzeugter »Rotfuchs« war. – Ungestraft nascht eben kaum jemand im Leben!

Rattenscharf

Allein auf einer Felsenplatte
seufzt eine kleine Beutelratte
im warmen Frühlingssonnenschein.
Sie will nicht mehr alleine sein
und wünscht sich einen Rattenmann,
der ihre Sehnsucht stillen kann.

Da wirft die süße »Ratten-Maus«
verführerische Köder aus
und tanzt den Ratten-Liebestanz.
Doch zeigt sich nur ein »Weiberschwanz«,
nicht der erhoffte Gatte –
so wird sie zu einer »Bi-samratte«.

Hochzeitsglocken

Für den richtigen Zeitpunkt zum Heiraten gibt es keine festen Richtlinien. Trotzdem haben Außenstehende immer etwas zu meckern. Sind die Paare zu jung, dann haben sie unüberlegt gehandelt. Sind sie schon etwas in die Jahre gekommen, dann wird gleich ihre Beziehungsfähigkeit angezweifelt. Wie auch immer, nach dem langen unverbindlichen Vorgeplänkel im »Wahlkampf« wird es für die beiden Partner nun langsam ernst. Obwohl immer weniger Ehen geschlossen und Familien gegründet werden, landen Adam und Eva doch im Hafen der Ehe und beladen ihr gemeinsames Lebensschiff für die große Fahrt mit allerhand guten Vorsätzen. Ihr Kurs ist einigermaßen gerade abgesteckt, während in der Politik das Motorschiff »Deutschland« im Moment ganz schön im Wellengang schlingert und dauernd seine Richtung ändert.

Hoffentlich liebt sich das Brautpaar auch wirklich und unternimmt diesen bedeutungsvollen Schritt nicht nur wegen des schönen weißen Brautkleides, einer günstigeren Steuerklasse oder um sich damit Zutritt in eine kostenlose Versorgungseinrichtung zu verschaffen. Wissen sie auch, dass die Ehe kein Ersatz für entgangene Jugendsünden und schon gar keine Garantie für die Ewigkeit ist? – Sie gleicht eher einem steinigen Acker, der immer wieder mit großem Aufwand bearbeitet werden muss, damit darauf etwas wachsen kann. Wer diese Mühen scheut, der wird den Kampf gegen das ständig wuchernde Unkraut nicht gewinnen können. Diese Erkenntnisse treffen natürlich auch auf das »politische Hochzeitspaar« der Regierungsparteien zu, wo allerdings wegen emotionaler Defizite auf die Hochzeitsnacht verzichtet wird.

Der »erste große Schritt« in den neuen Familienstand wird vom unerbittlichen Brauchtum begleitet, das dem Brautpaar eine feucht-fröhliche Abschiedsfeier vom Junggesellendasein vorschreibt. – »Polterabend« nennt sich dieses Spektakel, wo den beiden auf volkstümliche Art und Weise gleich die ersten Erfahrungen für ihren neuen Lebensabschnitt vermittelt werden. Der finanzielle Aufwand dafür übersteigt zwar oft die Schmerzgrenze und wäre an anderer Stelle eigentlich viel nötiger gewesen, doch man heiratet ja schließlich nur einmal im Leben. – So glaubt man jedenfalls zu diesem Zeitpunkt!

Auf diesen Moment haben die schadenfrohen Gäste und die aufmerksamen Nachbarn schon lange gewartet, weil sie bei dieser Gelegenheit auch gleich kostengünstig ihren alten Hausrat und diversen Müll entsorgen können. Nur auf dem politischen Müllberg bleiben sie weiter sitzen, den werden sie auch hier nicht los.

Wenn die beiden Hauptakteure diese oft ausufernde Feierlichkeit einigermaßen gut überstanden haben, dann folgt auch gleich der wichtigere »zweite Schritt« in ihre Zweisamkeit, der oft mit wackligen Beinen und einigen sentimentalen Tränen amtlich besiegelt wird. Das ist die Trauungszeremonie, bei der sie von einem speziellen Staatsbediensteten zu »Mann« und »Frau« erklärt werden. Manche glauben das nicht so recht und wollen sich das von einem Pfarrer noch einmal bestätigen lassen. Aber es bleibt dabei, denn selbst in der DDR waren sich hier Kirche und Staat ausnahmsweise mal einig. Trotzdem ist es verblüffend für sie. Waren sie denn bisher »Hund« und »Katze«? – Wohl kaum! Vielleicht sind sie das später manchmal, aber stets mit der Möglichkeit zur Rückverwandlung. Auf jeden Fall sollten sie diesen lieben

Tieren nicht gar so viele Freiheiten lassen, sonst pinkeln sie ihnen später womöglich noch an ihren Stammbaum.
Zur beiderseitigen Erinnerung an dieses gravierende Ereignis gibt es dann alle Jahre wieder als Gedenktag mit Kultstatus den allseits beliebten Hochzeitstag. Den sollte der dafür zuständige Adam möglichst nicht vergessen, weil dieser Tatbestand von allen Evas, die scheinbar nie etwas vergessen, sonst bei jeder Gelegenheit als vorwurfsvoller »Schluckauf« wieder hochgewürgt wird.
Selbstverständlich werden auch auf politischer Ebene solche Jubiläen begangen. Nur gibt es da im Vorfeld dieses Ereignisses jedes Mal erst wieder heiße Debatten darüber, wem denn nun eigentlich die Rolle der glücklichen Braut zusteht. Weil sie dabei meistens keine Einigung erzielen, werden wie üblich faule Kompromisse ausgehandelt. Die stinken aber so zum Himmel, dass die Feierlaune auf den Nullpunkt sinkt und deshalb nur Pflichtveranstaltungen zum Abhaken nach sich ziehen.
Mit dem Beginn dieser neuen ungewohnten Lebensphase legen beide mehr oder weniger freiwillig das Zertifikat über ihre individuelle Einmaligkeit in eine Schublade und tragen dafür eine Stempelkarte mit sich herum, auf der ihnen vom unbestechlichen Alltag regelmäßig ihre Gemeinschaftsfähigkeit attestiert wird. Manche mogeln dabei allerdings wie in der Schule oder in der Politik und haben mehrere solcher Karten. Das macht besonders auf potenzielle Eheanwärter keinen besonders guten Eindruck. Sie scheuen deshalb oft wie aufgeschreckte Pferde vor einer festen Bindung, bis sie schließlich als Ladenhüter anderen aufgedrängt oder halb weggeschenkt werden müssen. – Davon können auch manche Parteien ein Lied singen!

Im Laufe der Zeit kommen nach und nach auch wieder etliche Lebensweisheiten der Alten zu ihnen zurück, die sie früher stets weit von sich gewiesen haben. Bestimmte menschliche Werte und Erfahrungen sind eben anhänglich wie Kletten. Man kann sie negieren wie man will, wenn sie sich erst einmal irgendwo verhakt haben, lassen sich nicht mehr abschütteln.

Bei der Hochzeit einigen sich die Partner meistens auch auf einen gemeinsamen Familiennamen für den Briefkasten. Wer sich aber immer noch ein Hintertürchen offen lassen will, der besteht auf einen Doppelnamen, den man bei einer eventuellen Trennung wieder fein säuberlich teilen kann. Auch ein bestimmter Personenkreis aus dem öffentlichen Leben schmückt sich gern mit solchen teilweise sehr gewagten Kombinationen und will damit seine scheinbare Wichtigkeit hervorheben. Sie hängen vielen aber eher wie ein Klotz am Bein und selbst Rumpelstilzchen würde in seinem dunklen Märchenwald verschämt um das Feuer springen und dabei bestimmt nur ganz leise flüstern: Ach wie gut, dass niemand weiß, dass ich »Kauder-Welsch« heiß'!

Das ist nachvollziehbar, denn wer möchte beispielsweise schon Wenig-Hunger, Bart-Geier, Zapf-Hahn, Schwarzer-Mann, Dörrer-Stängel, Kühner-Ficker oder Geiler-Hengst heißen? Das muss sich doch wirklich keiner antun.

Auch im gesellschaftlichen Leben wären solche Fehlverbindungen ziemlich unpassend – etwa eine Kombination von CDU/CSU und Sexpartei, Tierschützern und Pelzhändlern oder auch eine Gemeinschaftsausgabe vom Kommunistischen Manifest und der Bibel. Wenn allerdings genügend Geld damit zu verdienen ist, dann werden sogar da alle Bedenken schöngeredet. – Ja, das liebe Geld! Es ist ein

beliebtes Streitobjekt und verdrängt mit seiner Macht sogar oft menschliche Werte. Auch »Vater Staat« wird dafür zum Raubritter und schröpft das Volk bis an die äußerste Schmerzgrenze, um die ständig leeren Kassen zu füllen.
Weil die private Familienpolitik im Großen und Ganzen ihrer Schwester im Staat ähnelt, haben beide auch gleiche Probleme zu bewältigen. Nach der Wahl und ausführlichen Koalitionsverhandlungen wird oft in hitzigen Debatten der zukünftige gemeinsame Kurs festgelegt und leichtfertig abgegebene Wahlversprechen müssen auf dem Prüfstand des Alltags ihre Bewährungsprobe bestehen. Wurden die Wähler zu sehr getäuscht, kommt es zu Unstimmigkeiten, die nur mit einem großen Aufwand wieder korrigiert werden können oder gar zum Scheitern des Bündnisses führen. Drum prüft man besser vorher, ob der »Apfel« vielleicht madig ist!
Wenn das bei Eva und Adam alles einigermaßen zu ihrer Zufriedenheit geklärt ist, dann sind aus ihrem Schlafzimmer auch öfters Geräusche zu vernehmen, die stark an Jodelgesänge aus dem Winterurlaub in den Alpen oder an »Ole!-Rufe« vom letzten Spanienurlaub erinnern. Leider schwächen sie sich ab, wenn die ersten großen Ziele erreicht sind. Dann »steppt der Bär« etwas leiser, sozusagen in Filzpantoffeln. Mit seiner tapsigen Art setzt er manchmal unbewusst den verborgenen Mechanismus einer Zeitbombe in Gang, der unaufhörlich zu ticken beginnt. – Hoffentlich sind sie dann auch hellhörig genug, um diese Gefahr rechtzeitig zu erkennen.

Die Tücken einer familiären Koalition

Der Reiz des Neuen ist flüchtig wie der Duft einer Blume. Unbekanntes wird schnell zu Vertrautem und schließlich zur Gewohnheit. Tage werden zu Jahren und das Leben schiebt Adam und Eva in ihren eingefahrenen Bahnen erbarmungslos voran. Irgendwann haben sie dann das dunkle Gefühl, etwas Wichtiges versäumt zu haben. Es breitet sich unbemerkt wie Gasgeruch aus und begleitet sie auf Schritt und Tritt. Das verunsichert beide, weil sie zwar etwas wittern, aber nicht genau wissen, woher es kommt. – Noch nicht. Wenn sie lange genug damit gelebt haben, gewöhnen sie sich sogar fast daran und reagieren erst viel zu spät darauf.
Beginnen wir mit Eva. Sie hat neben ihren üblichen weiblichen Fruchtbarkeitszyklen in unregelmäßigen Abständen auch noch bestimmte Phasen der Selbstfindung und Selbstbestätigung. Dabei hält sie eine Art von innerer Klausurtagung ab, wo sie ebenso wie christliche Politiker vor ihrem geistigen Auge eine Parade der körpereigenen Lebensgeister abnimmt und ihre Ausstrahlung bewertet. Die fällt zwar nicht immer zu ihrer Zufriedenheit aus, aber Eva wirkt zumindest danach wieder etwas zufriedener und ausgeglichener als vorher. In dieser Zeit verschanzt sie sich meistens hinter einer frisch getünchten Kosmetik-Fassade und lässt Adam nicht so einfach dahinter schauen. Deshalb sieht er auch die vielen Kleinigkeiten nicht, auf die Eva so viel Wert legt. Die ersten Verstimmungen machen sich bemerkbar und der einstige Kuscheleffekt geht zeitweise im Tagesgeschäft ihrer Beziehung verloren. Eva ersetzt ihn durch eine wärmende Decke aus Selbstmitleid, die sie bis über beide Ohren hoch zieht.

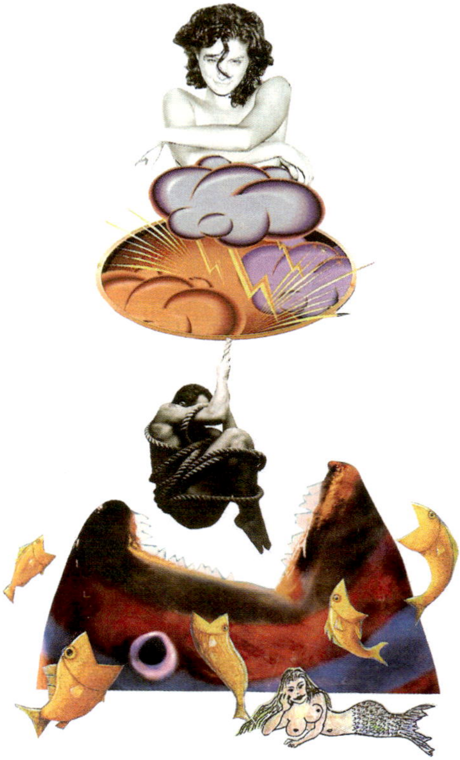

In solchen Momenten bezeichnet Adam seine bessere Hälfte gern als eine »Fanny«, wobei er den Namen vor allem auf diesen schwer definierbaren Zustand bezieht.
Auf dem Prüfstand des Lebens relativieren sich für Eva langsam die einst so prickelnden Eindrücke, die Adam bei ihr hinterlassen hat. Seine heißen Blicke von früher, die sie förmlich auf ihrer Haut gespürt hatte, scheinen wohl doch

nur Fettspritzer von seiner Bratwurst gewesen zu sein und seine gestammelten Liebesschwüre nur mangelhafte Ausdrucksfähigkeit.
Die Politiker sind da raffinierter und lassen sich nicht so leicht in die Karten schauen. Ihre »absichtlich gegebenen Versprechen« deklarieren sie später gerne als »unabsichtliche Versprecher«.
Solche heiklen Situationen erleichtern dem zuständigen Pannenteufel seine Aufgabe enorm. Er kann sich dadurch noch einfacher als Störenfried im gemeinsamen Räderwerk festsetzen und damit auch Einfluss auf die einst so beliebten »Vor- und Nachspeisen« nehmen. – »Komm endlich zur Sache, wir müssen ja schließlich morgen zeitig wieder raus!« Ich will dich – ich will dich nicht! Neue Töne von Eva. Hat sie sich das etwa von den Politikern abgeguckt oder ist das ihre eigene Politik?
Früher war das alles kein Thema, jetzt gibt es im familiären Verwaltungsapparat wie auf dem Arbeitsamt immer häufiger bestimmte Termine, die dann nach der Erfüllung abgehakt werden. – Liebe mit Trauerrand!
Dabei kann sie doch äußerst vielfältig sein. Wenn sie zum Beispiel nicht mehr so sehr unter die Haut geht, erreicht sie den Empfänger sogar noch über den Magen. Der Preis dafür ist dann allerdings oft eine ausufernde Figur. Eva ähnelt plötzlich immer mehr ihrer Mutter und Adam einem aufgeblasenen Schwimmring. Sie werden bequem und suchen Ausreden für den fehlenden Körperkontakt. Sehr wirkungsvoll ist dann beispielsweise ein kleiner Streit, den Eva schnell noch anzettelt. Da ist die Stimmung sowieso im »Eimer«. Migräne ist ebenfalls sehr beliebt oder Stress auf Arbeit, im Haushalt, mit den Kindern und überhaupt! Ob Liebesheirat

oder Vernunftehe – selbst in der Politik macht sich irgendwann das erste »Magendrücken« bemerkbar.
Eva dehnt in solchen Situationen ihre »Tage« mitunter auf den ganzen Monat aus, sodass es dann öde Regentage, eisige Frosttage oder lähmende Hundstage gibt, die auch Adam in einen armen Hund verwandeln. Daran kann selbst sein treuer Hundeblick und ein freundliches Schwanzwedeln nichts mehr ändern. Sie bellen sich zwar nicht gegenseitig an oder beißen sich, aber auch so erzielt Evas bissige Bemerkung: »Nimm die Hand da weg!« die gleiche Wirkung. Manchmal fällt ihm sogar noch der sonst so liebe Familienhund in den Rücken, weil er sich als Liebestöter nachts heimlich in das Ehebett mogelt oder von Eva als Schutzschild dorthin gelockt wird. Da drängt sich bei Adam dann häufig erst mal das böse »S-Wort« aus dem organischen Bereich auf die Zunge, bevor er zum Nachdenken kommt. Dann sorgen bei ihm vor allem Evas komplizierte Denkmuster für einiges Kopfzerbrechen. – Bei Frauen und Politikern wäre das so üblich, weil beide »ein Kapitel für sich« seien. Das wurde Adam zumindest glaubhaft von einigen selbst ernannten »Kennern« dieser Materie versichert. Er selbst ist mittlerweile sogar überzeugt davon, dass Frauen noch einige Extrakapitel füllen können. Adam ist sich nicht sicher, ob wirklich nur der »relativ kleine biologische Unterschied« dafür verantwortlich ist, dass eine Frau nicht wie ein Mann sein kann – großzügiger bei Kleinigkeiten, einfacher »gestrickt« und weniger verwirrend.
Um darauf eine halbwegs befriedigende Antwort zu erhalten, müsste man in sie hineinschauen können. Aber wer kann das schon? – Ein Gynäkologe vielleicht, ein Internist oder Chirurg, doch die haben leider ärztliche Schweige-

pflicht. Auch wenn die weiblichen Gefühle zerbrechlich sind wie Glas, so bleiben sie für Männer doch weitgehend undurchsichtig.

Selbstverständlich stoßen solche Gedanken bei Eva sofort auf Widerspruch. Deshalb versucht Adam seine ketzerische Feststellung noch mit einem bildhaften Vergleich aus der Welt unserer gefiederten Freunde zu untermauern. Er vergleicht dabei Evas blumige Gedankenwelt mit dem Gesang eines kleinen unauffällig gefärbten Vogelweibchens, das im weißen Blütenmeer eines alten Kirschbaumes aufgeregt von Ast zu Ast flattert und mit einem silberhellen Ton zwitschernd seine typische und unverwechselbare Melodie ertönen lässt. –

Das klingt für Adam zwar alles ganz nett, aber ihm würde als Vogelmann für die gleiche Aussage ein einfaches und prägnantes »Piep!« ausreichen.

Hätte er Eva mit einer Schlange verglichen, würde sie sich jetzt vielleicht aus seiner Reichweite »schlängeln«. Doch der Vergleich mit einem Vogel erscheint ihr in diesem Zusammenhang völlig unpassend und sie reagiert darauf »sauer« wie ein fränkischer Riesling. Bei ihr rollen sich zwar nicht die Zehennägel auf, wie es beim Genuss dieses Weines geschieht, doch sie zeigt schon ihre Krallen! – »Du hast selber einen ganz schönen Vogel!«, kontert sie diesen eigenwilligen Vergleich und verleiht ihrer Feststellung noch ein zusätzliches Gewicht, indem sie sich mit dem Zeigefinger mehrmals an den Kopf tippt. Damit ist erst mal das Gleichgewicht der Geschlechter wieder hergestellt und Adams umfangreicher »Schwanengesang« ist ebenso wie der von manchen selbstherrlichen Volksvertretern ohne größere Wirkung geblieben.

Aber vielleicht sind ja gerade solche Kontraste der eigentliche Reiz einer Beziehung? Wenn man von den Frauen Unmögliches erwartet, dann bleibt einem Mann am Ende nichts anderes übrig, als anderen Männern hinterher zu pfeifen. – Und das wäre dann doch ganz schön fatal!
Oft erschweren auch gegenseitige Pauschalurteile die friedliche Koexistenz von Eva und Adam. Sie glaubt, die Sensibilität für sich allein gepachtet zu haben. Er nimmt das nicht in Kauf. In der Folge sind beide beleidigt und entwickeln als Schutzschild »so eine gewisse Art«, die sie im Wechsel regelmäßig auf die berühmte Palme treibt und den Partner aus der jeweiligen Sicht immer wunderlicher werden lässt. Diese Sichtweisen erfolgen dann schon nicht mehr durch die rosarote Brille und lassen beide zunehmend kurzsichtig statt umsichtig oder weitsichtig werden. – Das nennt man dann Ehekrach!
In »politischen Ehen« wird bei einer Häufung solcher Zustände schon mal vom Scheitern der Koalition und von Neuwahlen gesprochen. Aber auf alle Fälle rappelt es hier wie da ganz schön in der Kiste. Wenn Eva dann Adams Schlafanzug am offenen Fenster ausschüttelt, dann muss er froh sein, wenn er nicht mehr drin steckt. – Wer behauptet da noch allen Ernstes, dass die Frauen an die Macht müssen, weil es da keine Kriege mehr gibt?
In solchen Momenten ist es nicht so einfach, seinen Humor zu bewahren, geschweige denn wieder Frieden zu schaffen. Beide bemühen sich, ihre guten Seiten voreinander zu verbergen und würzen den ohnehin schon gespannten Umgangston noch mit kleinlichen Sticheleien, die jede Akupunkturnadel in ihrer Treffsicherheit und Wirkung eindeutig in den Schatten stellt. Die sprachliche Bedeutung des

Wortes »reizend«, das anfangs eine angenehme Erregung bezeichnete, verschiebt sich mehr und mehr in den negativen Bereich. Evas weibliche Reize sind zweifellos noch vorhanden, doch sie wirkt zunehmend »gereizt«. Ihre Reizfigur ist natürlich Adam – wer sonst?
Früher hat sie nur der zu enge Hüfthalter bald umgebracht, jetzt hat Adam diese Rolle übernommen. Deshalb »reitet« sie in diesem Zustand auch öfters mal der Teufel, denn Adam ist es ganz sicher nicht. Als strategisches Abwehrmittel für ihn hat sie an allen erotischen Körperpartien unübersehbare Verbotsschilder angebracht und um ihr größtes Heiligtum sogar Stacheldraht gezogen. Somit beschränkt sich der eheliche Verkehr nur noch auf einen Schriftverkehr mit Zetteln (Er verzettelt sich!), auf den täglichen Straßenverkehr (Stau!), falls gerade Urlaub ist, auf den Flugverkehr (Luftnummer!) oder er fällt beim Strandurlaub »ganz ins Wasser«. – Tote Hose! Nur die Produktion von Evas Gallensteinen und der Abbau von Adams ohnehin schon spärlichem Haupthaar laufen vor Ärger auf Hochtouren. Trotzdem prahlt Adam in seinem männlichen Bekanntenkreis immer noch mit utopisch anmutenden Geschichten. – Männliches Potenzgehabe! Das ist auch bei vielen Vertretern des »starken Geschlechts« aus Politik und Wirtschaft immer wieder zu bewundern und ringt vielen Kennern dieser Materie nur ein müdes Lächeln ab, weil sie es aus eigener Erfahrung besser wissen.
Nach einem solchen Schlagabtausch folgt im Regelfall meistens eine längere Schmollphase zum Lecken der seelischen Wunden. Eigentlich möchten sich ja beide wieder vertragen, aber der innere Schweinehund stellt immer wieder ein Bein in den Türspalt ihrer Gefühle. Dabei ist Verzeihung eigent-

lich keine große Geste, sondern nur ein kleiner Schritt über seinen eigenen Schatten. Sie muss nicht publikumswirksam und dramatisch inszeniert werden, wie das in gehobenen Kreisen der Gesellschaft oder in einschlägigen Filmen üblich ist. Ein einfaches Wort oder eine schlichte Geste können da schon wahre Wunder bewirken. Dann »zischt« es meistens wieder ganz gewaltig, wenn die angestauten Defizite aufgearbeitet werden.

In einer politischen Partnerschaft ist das kaum anders. Nur mit dem erlösenden Sex gibt es da einige Probleme. An das ständige »Hin und Her« sind sie zwar gewöhnt, doch es ruft bei ihnen völlig andere Empfindungen hervor als bei unseren beiden Testpersonen Adam und Eva. Außerdem lassen die Politiker in der Öffentlichkeit nicht so gern die Hosen runter, weil dann jeder sehen kann, dass sie eigentlich gar nicht allzu viel zu bieten haben.

In der Folge solcher Auseinandersetzungen wird immer häufiger die Machtfrage gestellt. – Wer hat wohl die Hosen an in der Beziehung? Das ist zwar keine Staataffäre, aber für die Familienpolitik ist sie schon wichtig. Im Gegensatz zur großen Politik ist sie auch leicht zu beantworten: Na diejenige, die auch bereits den »Hut« auf hat – Eva! Das steht ihr dienstgradmäßig zu. In der Politik gibt es ja schon ähnliche Ansätze. Das haben wir spätestens bei der letzten Wahl »gemerkelt«.

Für Adam wäre es deshalb am einfachsten, wenn er die umkämpften Beinkleider freiwillig abliefern oder wenigstens die Beine kürzen und sich mit Shorts zufrieden geben würde. Dann könnte er vielleicht auch Eva wieder problemlos umarmen und küssen, wie das zu DDR-Zeiten Erich Honecker mit glänzenden Augen und feuchten Lippen bei Besuchen seines sowjetischen Blutsbruders praktiziert hat.

Als weitere Möglichkeit gibt es noch eine ziemlich eigenwillige Variante, bei der sich gescholtene Ehemänner mehr oder weniger freiwillig dazu entschließen, frech unter dem Tisch hervorzuschauen. Versierte Bewohner der unteren Tischhälfte nutzen diese Deckung sogar freiwillig als persönliches Rückzugsgebiet. Da haben sie wenigstens ihre Ruhe. Für Adam ist das jedoch nichts. Er hat da seine eigenen Vorstellungen. Deshalb fällt er auch häufig als Erziehungsobjekt für Eva aus und sie muss ihre Führungsqualitäten verstärkt beim Nachwuchs testen. Bei mehreren Kindern verteilt sich allerdings die Wirkung ihrer Maßnahmen wie ein Klecks Tinte in einem Eimer Wasser und verdünnt somit auch ihre Bestrebungen. Deshalb muss sie da ständig am Ball bleiben, was wiederum Adam aus der Schusslinie hält.
Soll man sich nun etwa nur deshalb viele Kinder anschaffen, damit sich die Pufferzone zwischen den Eltern vergrößert? Außerdem wirkt eine große Kinderschar nach landläufiger Meinung immer irgendwie anstößig, weil dahinter eine enorme sexuelle Aktivität vermutet wird. – »Die scheinen nichts anderes zu können!«, tuscheln die missgünstigen Nachbarn. Dabei besagen sieben Kinder eigentlich nur, dass beide bewiesenermaßen sieben Mal »etwas« miteinander hatten. Alles andere ist reine Spekulation.
In »politischen Ehen« lässt sich die Anzahl der Kontakte in den meisten Fällen wenigsten noch an Hand der Protokolle oder der Spesenabrechnungen nachweisen. Aber selbst da wird noch gemogelt.
Zu viele Kinder sind aber im Moment bei uns Deutschen nicht das Problem, eher zu wenig. Wenn das so weiter geht, werden wir durch die gebärfreudigen Asylanten noch zu einer Minderheit im eigenen Land. Die Alarmglocken

für den Kuschelnotstand läuten bereits. Wie die Bestellung beim Klapperstorch aufgegeben werden muss, dürfte wohl sicherlich noch allen bekannt sein. Solche lustbetonten Beschaffungsmaßnahmen werden neuerdings sogar wieder durch einige Vergünstigungen versüßt. Allerdings war man da in der DDR schon einige Schritte weiter.

In Liebesangelegenheiten darf man durchaus auch mal »berechnend« sein, denn Zuneigung und Spaßfaktor lassen sich gut miteinander multiplizieren und ergeben als Produkt eine harmonische Beziehung. Wer auf dem Gebiet allerdings etwas schwächelt, bei dem geht diese Rechnung natürlich nicht auf. Doch keine Sorge, es gibt sie auch ohne Berechnung noch – die Liebe im Großformat oder in etwas kleinerer Ausführung. Allerdings gilt auch für sie nach wie vor der Grundsatz: Von nichts wird nichts! Deshalb müssen wir sie dem Alltag immer wieder abringen!

Supernova

Sie war der hellste Glitzerstern
am bunten Himmel seiner Träume
und lenkte magisch seinen Blick
hinauf ins weite Himmelszelt.

Er war sofort von ihrem Glanz geblendet
und holte sie sich schnell
aus ihrem hellen Sternenreich
herab in seine graue Alltagswelt.

Bei diesem steilen Sturzflug der Gefühle
durch schlimme Weltraumturbulenzen
sind sie auf dem harten Boden
bei ihrer Landung fast zerschellt.

Der allzu rasche Wechsel zeigt,
warum ein solches Kosmos-Sternchen
im Wechselbad der Emotionen
auch gerne mal »aus allen Wolken fällt«.

Krisenstimmung

Die meisten Partner pegeln sich nach ihren ersten steilen und stürmischen Höhenflügen für ihre Langzeitreise in mehr oder weniger überschaubaren Flughöhen ein. Der feste Erdboden und auch der schwerelose Weltraum sind gleichermaßen in Reichweite. Leichte Turbulenzen oder Abweichungen vom Kurs regulieren sie gemeinsam und sorgen damit für ein harmonisches Fluggefühl. Trotzdem sind auch immer wieder mal Flauten zu überstehen, wo plötzlich kein Aufwind mehr zu spüren ist. Da kommt es manchmal zu völlig überhasteten Notlandungen, bei denen auch Schäden nicht ausbleiben. Dann ist es wie im Märchen von »Aschenputtel«. – Der verflixte Schuh will einfach niemand passen und beim familiären Erbsenzählen werden immer häufiger die Schlechten statt der Guten ins Töpfchen getan. Die sind aber nicht zu genießen und füllen zusammen mit anderen Abfallprodukten den Mülleimer ihrer Beziehung bis zum Überlaufen. Die Gefühle können sich dabei so rasch abkühlen, dass sich zwei Eisberge bilden, die wie die beiden politischen Lager zu Zeiten des »Kalten Krieges« immer mehr auseinander driften. Ihnen wird plötzlich bewusst, dass sie ihren eigenen Schatten nicht überspringen können. Die enttäuschte Eigenliebe und der verletzte Stolz erschweren die Versöhnung noch zusätzlich.

Eva macht diese angespannte Situation besonders stark zu schaffen. Eigentlich könnte sie sich zum Frustabbau etliche Paar Schuhe kaufen oder wahllos eine Menge Süßigkeiten in sich hineinstopfen. – Aber nein, sie schaut wie ein angeschossenes Reh und aktiviert ihre Tränendrüsen. Dabei heult sie sich mit weit mehr als sieben Tränen, die angeblich

ein Mädchen auf dem Weg zur Frau vergießen muss, ihren Kummer von der Seele.
Adam reagiert artgerecht auf diese stoßweise auftretenden Wassermassen und funktioniert seinen Adamsapfel zu einem Bierzähler um. Der registriert dann auch prompt etliche Flaschen Bier mehr als gewöhnlich. Damit wird dann wenigstens der familiäre Flüssigkeitshaushalt wieder ausgeglichen. Mitunter sieht er Eva dann sogar doppelt. – Auch das noch, doppelte Strafe! In diesem Zustand hat er Angst, dass er mal keinen Durst mehr haben könnte und ohne dieses flüssige Narkosemittel auskommen müsste.
Im politischen Nahkampf kommen solche alkoholischen Kampfmittel offiziell hauptsächlich in Bayern zum Einsatz, wo die mit einheimischem Bier gefüllten Maßkrüge auch manchmal noch drohend geschwungen werden oder sogar auf einem der vielen Dickschädel landen können. Das eigentliche Problem wird dabei jedoch nicht gelöst, sondern nur gegen Freikarten für eine weitere turbulente Karussellfahrt in diesem Teufelskreis eingetauscht.
Adam kommt mit dieser verkorksten Sachlage offensichtlich ebenfalls nicht besonders gut zurecht. Er hat sich beim Studium der Frauen eindeutig zu sehr auf die Anatomie konzentriert und dabei das Grundlagenstudium vernachlässigt. Nun ist es fast zu spät dafür, weil die Regelzeit langsam abläuft. »Tiger« Adam zeigt Schwächen, denn sein Pantoffelidyll gerät aus den Fugen. Das verunsichert ihn und er fühlt sich mental tiefer gelegt wie ein bekanntes Kultauto. Beim angestrengten Suchen nach einer Möglichkeit, wie er die unangenehme Realität am besten verdrängen kann, kommt ihm plötzlich sein altbewährtes »Schlachtross« wieder in den Sinn. Das sattelt er auch gleich für eine erotische Attacke jenseits des

heimatlichen Gartenzaunes, wo er dann viel zu hastig seinen »Blick schweifen« und seinen »Schweif blicken« lässt. Doch bei dieser Art von Fremdenverkehr fällt die erhoffte Beute äußerst dürftig aus. Der enttäuschte Adam muss sich mit dem begnügen, was auf die Schnelle zu bekommen ist. Und das ist armselig genug. Deshalb reitet er auch mit zwiespältigen Gefühlen wieder heimwärts und nimmt sich vor, sein feuriges Ross wieder als Ackergaul vor den Pflug zu spannen, um damit das gewohnte heimatliche Feld zu beackern. Kurz vor dem Ziel sieht er am Horizont schon sein ehemaliges Märchenschloss im Schein der untergehenden Sonne. Da beginnt sein Pferd plötzlich zu lahmen und wird immer langsamer. – Schaffen es beide noch bis dorthin, damit Rapunzel ihren Zopf herunterlassen kann? – Das muss man abwarten, denn es ist eine schlechte Zeit für Märchen!
Wer aber nun für Eva die Hand ins Feuer legt und glaubt, dass sie so etwas nie tun würde, der muss noch heute seine Brandblasen kühlen. Bei ihr beginnt dieses Abdriften allerdings nicht so ruckartig, sondern etwas filigraner – zuerst in Gedanken und mit den Augen. Sie stürmt nicht sofort in den nächstbesten Supermarkt und angelt sich dort neben anderen Schnäppchen auch gleich noch einen neuen Kerl aus dem Regal.
Gute Aussichten auf Erfolg hat eine ehemalige Jugendliebe. Sie weckt in Eva am ehesten wieder romantische Gefühle. Ansonsten suchen ihre Blicke erst einmal die nähere Umgebung nach einem neuen Traumprinzen ab, der ebenso wie Adam auf seinem Paradepferd unterwegs ist. Entweder gelingt es dem stolzen Reitersmann, die »Eva-Hürde« im ersten Anlauf zu nehmen oder er muss bis zum Erfolgserlebnis erst mehrere Ehrenrunden drehen, damit sie das Wenn und Aber

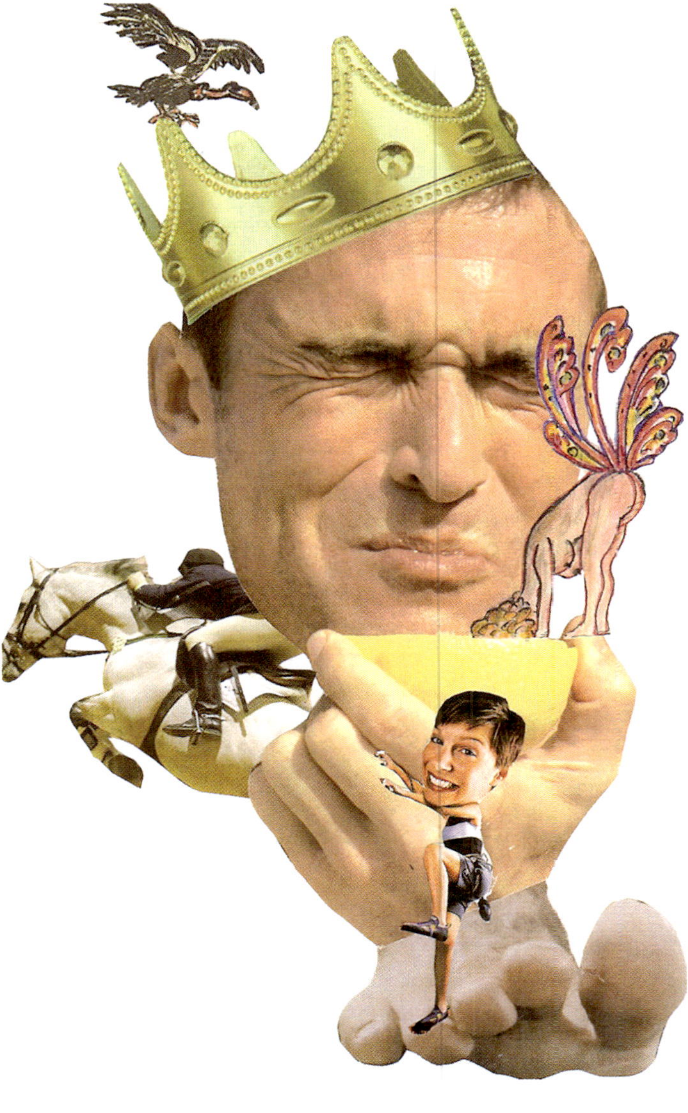

einer möglichen Verbindung kritisch abwägen kann. Dabei wird er mit den Augen prüfend abgetastet, durchleuchtet und auf seine Tauglichkeit geprüft. Selten bleibt etwas dem Zufall überlassen und dauert deshalb seine Zeit. – Ein gebranntes Mädchen scheut das Feuer, ein Kerl springt darüber hinweg! Ist aber der weibliche Vulkan erst einmal ausgebrochen, dann verschlingen diese Lavaströme Ross und Reiter.
Bei Politikern geht es da wesentlich nüchterner zu. Ein kleines bisschen emotionaler wird es bei ihnen meistens nur dann, wenn sie den Wählern eine innige Verbundenheit vorheucheln oder leere Versprechungen schmackhaft machen müssen, damit ihr gut bezahlter Arbeitsplatz ja auch für eine weitere Wahlperiode gesichert ist.
Wären solche gestörten Verhältnisse im Sinne des »himmlischen Friedens« und seiner Ideale nicht auch ein lohnendes Betätigungsfeld für die jetzt aufgeregt umherflatternden Schutzengel? Sie könnten zum Beispiel den zerstrittenen Parteien im Auftrag ihrer obersten Dienstbehörde mit einigen engagierten Einsätzen quasi mit Engelszungen gut zureden und sie auffordern, ihre Probleme zu ordnen. Wenn sie gut geschult sind, könnten sie von oben herab auch darauf hinweisen, dass es fast immer einen Ausweg gibt, denn wir komplizierten Menschen tun manchmal bestimmte Dinge nur, um herauszufinden, was wir nicht wollen.
Der Erfolg einer solchen Mission hängt allerdings sehr stark von der Arbeitseinstellung dieser himmlischen Sozialarbeiter ab. Dabei ist es sogar entscheidend, wer in der Schutzengelbrigade gerade Dienst hat. Ist es ein »Engelchen«, so folgt ähnlich wie im Ordnungsgefüge der früheren DDR ein gut ausgeklügeltes und straff organisiertes Hilfsprogramm mit

etlichen dominanten Maßnahmen, die aber recht erfolgversprechend sind. Hat jedoch ein »Bengelchen« diese Aufgabe zu bewältigen, dann geht es meistens mit einigen unwesentlichen Maßnahmen im alten Trott weiter. Doch inzwischen sind auch Engel nicht mehr ganz so selbstlos wie man vielleicht glaubt. Wenn sie wieder verschwinden, nehmen sie als Lohn für ihre Bemühungen die Unbeschwertheit der Partner mit und lassen dafür einen kleinen Stachel in den Wunden zurück, der sich dann und wann wieder bemerkbar macht. Damit kann man in der Regel allerdings ganz gut leben, wenn nicht dauernd wieder an diesem wunden Punkt herumgedoktert wird. – Oder brauchen wir ganz einfach nur neue Engel?

Scherbenträume

Im Arm den bunten Hampelmann,
den er fest an sich drücken kann,
sucht ein kleiner Hosenmatz
im Wunschtraum nach dem neuen Platz,
an dem sein Vater nun verweilt
seit die Familie zweigeteilt.

Flink taucht er wie ein Fischlein
in seine Traumwelt tief hinein,
besteigt im weichen Kinderbettchen
sein Pferd auf einem Schaukelbrettchen,
damit als kühner Reitersmann
er seinen Vater finden kann.

Er fragt die Hoppel-Osterhasen
mit ihren weichen Schnuppernasen,
schaut auch vorbei beim Weihnachtsmann,
ob der ihm vielleicht helfen kann
und allen hat er gleich erzählt,
wie sehr ihm doch sein Vater fehlt.

Doch auch im Traum hat er kein Glück
und kehrt enttäuscht allein zurück.
Sein dicker brauner Kuschelbär
fliegt als Beschützer hinterher
auf einer gelben Spielzeugente
hinein in Mutters sanfte Streichelhände.

Nach der Wahl ist vor der Wahl

Gemeinsamkeit in guten wie in schlechten Tagen – das haben Eva und Adam sich einstmals versprochen. Nun schaffen sie es nicht mehr, ihr Leben unter einen Hut zu bekommen. Die einstige Zauberkraft der Liebe ist nicht mehr stark genug, um den berühmten »Hasen« aus dem geheimnisvollen Zylinder zu zaubern, der alle zum Staunen bringt. Zuneigung und Vertrauen sind weder in der Politik noch im privaten Bereich unkomplizierte Selbstläufer, sondern werden zu Irrläufern, wenn zu wenig für ihre Erhaltung getan wird. Wirklich besitzen kann man niemand, aber beide können versuchen, ihr Bestes zu geben, damit sie ordentlich miteinander auskommen können.

»Vom Ich zum Wir!« – so lautete eine der zahlreichen Parolen in der DDR. Dieser Grundgedanke ist ohne Frage ausnahmsweise zeitlos und hat bis heute seine Daseinsberechtigung nicht verloren. Man sollte dabei nur seine eigene Persönlichkeit nicht aufgeben, denn erst ein gesättigtes und zufriedenes »Ich-Gefühl« ist die Voraussetzung für eine funktionierende Gemeinsamkeit im Staat, in der Familie oder mit Freunden und Bekannten. Ansonsten behindern oder zerstören Egoismus und Ignoranz alle großen Ziele.

Deshalb müssen beide Partner ernsthaft abwägen, ob ihre Beziehung noch Überlebenschancen hat oder ob ein trauriger Schlusspunkt gesetzt werden muss.

Ein »Vielleicht?« ist eine typische Antwort für Unentschlossene. Sie wollen damit alles in der Schwebe halten und sich vor einer klaren Entscheidung drücken. Das ist jedoch keine dauerhafte Lösung.

Ein endgültiger Schlussstrich wäre zwar eindeutig, aber auch sehr bequem. Man müsste nur ein tiefes Loch buddeln und dort die gemeinsamen Träume verscharren. Dann könnte jeder ohne sich umzuschauen in eine andere Richtung davonlaufen und seine Wunden lecken.
Ein Neubeginn ist aber auch mit Vorsicht zu genießen, denn wir wissen ja alle über die Problematik mit den »neuen Besen« bescheid. Sie kehren zwar am Anfang besser, nutzen sich aber im Alltagsgebrauch auch schnell wieder ab und das alte Problem wird zum neuen. Das kennen wir ja auch von unseren gewählten Volksvertretern.
Die Entscheidung für ein klares »Nein!« zur Trennung vermittelt den Beteiligten das gute Gefühl einer heilen Welt und ist schon deshalb einen Versuch wert. Sie erfordert natürlich einen größeren Einsatz von menschlichen Qualitäten, weil erst eine gründliche Bestandsaufnahme Klarheit über die noch vorhandenen Gemeinsamkeiten bringen kann. Nach einem solchen Krisengipfel müssen die Beteiligten anschließend ihre Ärmel hochkrempeln und den defekten Karren gemeinsam wieder aus dem Morast ziehen. Unnötige und störende Dinge dürfen dabei ruhig im Schlamm stecken bleiben, nur der Nachwuchs nicht. Auch wenn der heimlich schon damit geliebäugelt hat, durch den Bonus des schlechten Gewissens der getrennt lebenden Eltern doppelte Geschenke einkassieren zu können. Aber eine intakte Familie auf der Habenseite ist allemal mehr wert und prägt auch den späteren Lebensstil.
Egal wie die Entscheidung ausfällt – ob für ein weiteres Zusammenleben mit dem regenerierten alten Partner oder mit einem neuen Schwarm – die Beziehung wird nicht mehr ganz so unbeschwert sein wie beim ersten Mal. In die Ge-

sichter haben sich nämlich inzwischen kleine Sorgenfältchen eingeschlichen, die das einst so strahlende Lächeln mit einem dünnen Trauerflor umrahmen, der auch mit den raffiniertesten Schminkkünsten nicht ganz zu verdecken ist. Sie machen ihre Träger in Zukunft hellhöriger und wachsamer. Gleichzeitig übermitteln sie aber auch die Botschaft: – Ja, das Leben hat uns geformt. Das kann ruhig jeder sehen. Ein glattes Maskengesicht hat weniger zu berichten, weil es vom Leben nicht so viel weiß wie wir.
Das Wissen allein schützt aber leider niemand vor neuen Torheiten. Deshalb findet diese endlose Geschichte auch niemals einen Abschluss und wird in unzähligen Varianten immer wieder ergänzt oder neu geschrieben. Das ist so sicher wie das siebente Geißlein im Uhrenkasten, die falschen Versprechungen unserer Politiker oder das finale »Amen« in der Kirche.

Auf Zaubervögel schießt man nicht

Der Alltag krasser Gegensätze
lässt den Gefühlen wenig Raum,
er engt die Wunschgedanken ein
und jeden kühnen Traum.

Nur den bunten Zaubervögeln
gelingt ein Flug in diese Welten,
wo zwischen Traum und Wirklichkeit
ganz eigene Gesetze gelten.

Die Fabelwesen unserer Sehnsucht
sind die Bewahrer aller Träume
und nisten heimlich in den Köpfen
statt im Schutzdach dichter Bäume.

Unbemerkt, ganz still und leise
wächst ein Wunschbild dort heran,
das mit magisch starken Kräften
unser Leben ändern kann.

Der Gedanken Flügelschlag
schwingt uns in lichte Höhen,
wo wir leicht und schwerelos
auf unser Leben sehen.

Wenn wir die Wundervögel fangen,
verkümmert schnell die Leichtigkeit
ihres unbeschwerten Fluges
im Käfig unserer Eitelkeit.

Selbst wenn sie in den Wolken kreisen,
wildert oft ein schneller Pfeil,
dem die Willkür spannt den Bogen
als Opfer für das Seelenheil.

Dann fallen ihre Zauberfedern
in die tiefe Schlucht des Lebens
und wer sie wiederfinden will,
der sucht sie meist vergebens.

So zerfällt der schöne Schein,
der den Alltag uns beseelt
und mit ihm ein Stück der Hoffnung,
das dann in unseren Träumen fehlt.

Wenn wir die Wünsche fliegen lassen,
kann der bunte Vogel zeigen,
was seine Wunderkraft vermag,
wenn wir mit ihm aufwärts steigen.

Doch manche Träume muss man zwingen
und nach den Zauberfedern greifen,
weil wir nur so erfahren können,
ob unsere Blütenträume reifen.

Dann kann der Strahl geheimer Macht
uns den Lebensweg erhellen
und als Kompass in die Zeit
ganz neu die Weichen stellen.

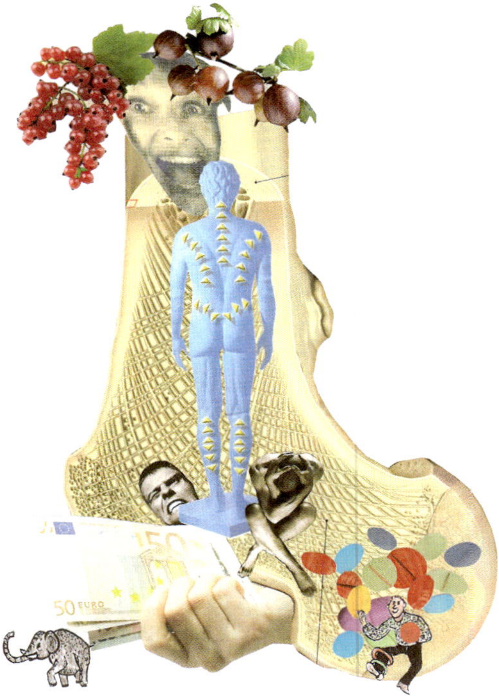

Der Nächste bitte!

Mit jeder Gesellschaftsordnung sind stets auch bestimmte Zeiterscheinungen verknüpft, die meist keine lange Lebensdauer haben. Es gibt aber auch Wertvorstellungen, die zeitlos sind. Neben Normen der Menschlichkeit ist hier vor allem die Gesundheit zu nennen. Sie zählt zu den Reichtümern, die man sorgsam behütet und auch gerne anderen wünscht. Weil sie ein so kostbarer Schatz ist sind wahrscheinlich auch die Kosten für ihre Erhaltung in den letzten Jahren so ins Uferlose gestiegen. Sie machen sich in Form von rätselhaften Zuzahlungen für Behandlungen, Vor- und Nachsorge oder überteuerte Medikamente in den ohnehin bereits arg strapazierten Geldbeuteln der Bundesbürger äußerst unerfreulich bemerkbar. Die hochgelobte Gesundheitsreform ist weder für die Ärzte noch für die Patienten ein Gewinn, sondern sorgt bei beiden für zusätzliche Bauchschmerzen.

Offenbar sind sogar den Apothekern die hohen Preise der Arzneimittel etwas peinlich, denn sie legen ihren Kunden zur Besänftigung öfters noch kleine Werbegeschenke mit in den Tragebeutel. Manchmal ist es ein parfümiertes Tüchlein, mit dem man sich nicht einmal die Tränen abwischen kann, die sich wegen der finanziellen Schröpfung in die Augenwinkel drängen. Ein solches »Extrabonbon« ist auch die großzügige Zugabe des Gesundheitsmagazins »Apotheken-Umschau«. Damit wir das Rätseln nicht verlernen, sind dort neben gut gemeinten Tipps auch immer einige Kreuzworträtsel zu finden. Vielleicht erraten wir dabei auch gleich, warum manche Menschen immer seltener zum Arzt gehen, riesige Zahnlücken spazieren tragen oder sich wieder häufiger mit uralten Hausmitteln auskurieren. – Aus Sturheit ganz bestimmt nicht! Heute geht es oft nicht mehr vorrangig um eine schnelle und erfolgreiche Hilfe, sondern mehr darum, wer das Ganze finanziert oder wer daran verdient. Der Leidtragende ist dabei leider meistens der kranke Mensch. – Trauern wir Ostdeutschen auch deshalb dem Gesundheitssystem in der DDR nach?

Dieses von der Politik verschuldete »Hick-Hack« interessiert jedoch all die fiesen Krankheiten herzlich wenig. Sie lauern uns aus alter Gewohnheit auch weiterhin hinterrücks auf und nutzen jede sich bietende Gelegenheit, um über uns herzufallen. Deshalb ist und bleibt der gute »Onkel Doktor« oder sein weibliches Gegenstück mit kleinen Abstrichen auch weiterhin unser Hoffnungsträger für ramponierte Körperteile, tropfende Nasen und alle anderen Wehwehchen, die unser Wohlbefinden stören.

Genau aus diesem Grund rutschen auch die kleinen und großen Patienten nach wie vor mit wehleidigen Gesichtern unruhig auf ihren Stühlen hin und her, weil in ihrem Inneren die stummen Hilferufe und die Schmerzensschreie miteinander kämpfen.

Solche stillen Beobachtungen sind besonders amüsant, weil man dabei menschliche Studien der besonderen Art betreiben kann. Dieses heimliche Vergnügen hatte ich erst neulich wieder, als ich mir bei einem Sportunfall das Handgelenk gebrochen hatte. Weil das in einem anderen Bundesland passiert war, musste ich mich bei einem hiesigen Chirurgen in die Behandlung eintakten lassen. Schmerzen hatte ich keine und konnte mich so relativ entspannt dem Geschehen im Wartezimmer widmen.

Der Warteraum bot ein gewohntes Bild – er war rammelvoll! Nein, es war kein Ärztestreik, sondern der ganz normale Wahnsinn. Solche Zustände schreien förm ich danach, dass wir wieder verstärkt zur Selbsthilfe greifen. Vielleicht sollten wir im Zuge der neuen Gesundheitspolitik für akute Fälle stets einen kleinen Nothilfekoffer mit uns herumschleppen, damit wir bei Bedarf schnell und kostengünstig etwas an uns machen können.

Als ehemaliger Lehrer bin ich allerdings auch ohne solche Hilfsmittel meistens ganz gut abgesichert, weil ich meine ehemaligen Schüler häufig auch in medizinischen Berufen antreffe. Früher in der Schule schaute ich ihnen auf die »Finger«, damit alles seine Ordnung hatte. Heute gucken sie mir dafür zum Dank als Zahnarzthelferinnen in den Mund oder als Schwestern beim Internisten in die entgegengesetzten Körperöffnungen. Hier relativiert sich allerdings das Vergnügen und wird zur ausgleichenden Gerechtigkeit. – So ist das Leben!

Die Schwester, bei der ich mich in der Praxis anmeldete, war mir aber unbekannt. Trotzdem lächelte sie mich an, als ob sie meine Gedanken erraten hätte. Sie war aber nur freundlich und wollte die üblichen Formalitäten klären. Da ich nur einen Überweisungsschein und keinen ordentlichen Termin vorzuweisen hatte, fragte sie mich hintergründig, ob ich »etwas Zeit« mitgebracht hätte, weil noch einige Notfälle »eingeschoben« werden müssten. – Das konnte ja heiter werden!

Mit einem kräftigen Denkanstoß durch die überhitzte Raumtemperatur dachte ich bei ihrer letzten Bemerkung augenblicklich an die Brote im Backofen bei »Frau Holle«. – »Zieht uns heraus, zieht uns heraus! Wir müssen sonst verbrennen!« – Na, ganz so schlimm würde es schon nicht werden.

Da wegen der Grippezeit im Moment kein Sitzplatz frei war, lehnte ich mich etwas abseits mit dem Rücken an die Wand und stellte mich erst mal gedanklich auf diese Situation ein. Außer mir füllten noch etwa zwanzig andere Hilfsbedürftige den Raum vollständig aus. – Das konnte dauern! Nachdem ich von den Anwesenden unverblümt einer Gesichtskontrolle unterzogen und mein Krankheitsbild optisch katalogisiert worden war, ließ ich ebenfalls meine Blicke im Raum kreisen.

Die abgestandene überhitzte Raumluft lenkte meine Gedanken wieder zum »Märchenofen« und ich öffnete vorsichtshalber die oberen Knöpfe meines Pullis. Diese Geste war aber keinesfalls dafür gedacht, dass die kleinen Krabbelviren, die sich entdeckungsfreudig von den pausenlos schniefenden »Niesern und Hustern« im Raum ausbreiteten, dadurch einen besseren Zugang zu meinem Körper erhielten. Doch denen war ich in dieser Brutkammer sowieso machtlos ausgeliefert.
Eine stark verschnupfte junge Frau drehte nervös ihr Taschentuch als eine Art Glücksbringer zwischen ihren Fingern, um für den nächsten elementaren Niesanfall gewappnet zu sein. Jedenfalls hatte sie Glück, dass sie es griffbereit hatte, sonst wäre das Unwetter zielsicher in ihrer Hand gelandet. – Bereit sein ist eben alles! Damit wurde aber trotzdem der nächste Schub gieriger Bazillen auf die Reise geschickt, die dann auch sofort am Immunsystem der arglos Wartenden zu knabbern begannen. Ein ohnehin schon kränklich aussehender junger Mann, der offensichtlich nicht wie seine Nachbarin von der Höhensonne gebräunt, sondern eher am Computer verblasst war, bot dafür eine hervorragende Angriffsfläche.
»Inhalieren« bedeutet im medizinischen Sinn ja eigentlich, etwas zu Heilzwecken einzunehmen. Hier gewannen aber eindeutig die viel zitierten »Risiken und Nebenwirkungen« die Oberhand.
Inzwischen versuchte die Schwester für die kleinen Plagegeister einen Fluchtweg zu schaffen, indem sie mit einem dezenten Hinweis auf die schlechte Luft ein Fenster öffnete. »Hier stinkt's!«, sagte sie und rümpfte dabei die Nase. – »Es zieht!«, riefen einige sofort. Also wurde das Fenster wieder

geschlossen. Die Bazillen kicherten lautlos gegen die Unterhaltung zweier Frauen an, die unverblümt ihre reichhaltigen Beschwerden »durchkauten« und sie dann nach allen Regeln der Unterhaltungskunst ins Wartezimmer »spuckten«. Die leidgeprüften Ohren der genötigten Zuhörer mussten dann diesen ganzen Schmus wieder aufsaugen.
Die eine der beiden war eine stattliche Person, die recht robust wirkte, aber leider etwas undeutlich nuschelte. Wahrscheinlich war ihre Zunge durch den reichlichen Gebrauch schon zu stark abgenutzt. Die andere, die während des Gesprächs ihre biologischen und seelischen Verstopfungen auslebte, hatte passend dazu vertrocknete faltige Gesichtszüge, aber ebenfalls eine flotte Zunge. Die Voraussetzungen für einen akustischen Dauerbrenner waren jedenfalls gegeben und nahmen umgehend ihren Lauf.
Neben familiären Problemen wurden auch sämtliche Krankheitserscheinungen schonungslos offen gelegt. Eine malerisch dargestellte Gürtelrose blühte vor meinem geistigen Auge auf wie die Rose von Jericho. Es folgten akkurat beschriebene Entzündungen, Vereiterungen und Verdauungsprobleme sowie zum Miträtseln die Schilderung von undurchsichtigen Krankheitsbildern. – Appetitlich!
Das hinderte eine in schlampiges Rosarot gekleidete dicke Frau mittleren Alters jedoch nicht daran, geräuschvoll ihre schäbige Handtasche aus grauer Vorzeit zu öffnen, ihr eine Trinkflasche sowie belegte Brote zu entnehmen und mit einem triumphierenden Blick in die Runde ihr Festmahl zu beginnen. Plötzlich änderte sich jedoch ihre Mimik, weil sie offenbar eine Bemerkung der beiden Schwatztanten auf sich bezogen hatte. Sie drehte sich streitlustig zu ihnen um und ging auf Konfrontationskurs. – »Ich habe deutlich gehört,

wie sie eben über mich geredet haben. Das brauche ich mir nicht gefallen zu lassen!« Den Beiden fiel vor Schreck einen Moment sogar ihre Klappe zu. – »Sie müssen sich täuschen!«, sagte die Hagere leicht geschockt wegen dieser Attacke. Darauf folgte erst mal eine verlegene Pause. In diese momentane Stille hinein meldete sich die Rosarote erneut keifend zu Wort. – »Sie können mir noch lange nicht das Wasser reichen. Sie nicht!«, gab sie kämpferisch zu verstehen. Allgemeines Grinsen machte sich in den Gesichtern breit. – Nanu, Humor im Gesundheitswesen? Wie selten ist das! Deshalb erwachten auch alle für kurze Zeit aus ihrer Intimstarre und nahmen diese Abwechslung dankbar an. Gegen diese überzeugende Mehrheit wollte sie offenbar doch nicht antreten, lauschte aber weiterhin misstrauisch nach allen Seiten und wartete auf weitere Angriffspunkte.
Ein Neuankömmling stellte sich nach einigen orientierenden Blicken erfreut neben einen Bekannten, damit er mit ihm einige Worte wechseln konnte. – »Na, wie geht's?«, fragte er aus alter Gewohnheit. – »Frag mich lieber nicht!«, antwortete der abwinkend. »Eigentlich müsste ich ja jetzt sagen: Gestern ging's noch! Aber du siehst ja selbst, wo wir uns befinden. Erinnerst du dich, früher haben wir uns bei solchen Begegnungen immer die neuesten Witze erzählt. Heute reden wir nur noch über unsere Krankheiten. Das ist fast abartig.« – Wie wahr!
Ein älterer Herr in Schlips und Kragen war trotz der lauten Gespräche in dem als Wärmestube getarnten Wartezimmer offenbar kurz eingenickt, sodass eine seiner Gehhilfen polternd zu Boden fiel. Das entlockte vielen erneut ein Schmunzeln und sorgte für eine weitere willkommene Abwechslung.

Die lange Warterei machte einen kleinen Jungen langsam ungeduldig und quengelig. Seine Mutter versuchte ihren Sprössling, der für diesen Vorraum zur Hölle viel zu warm angezogen war, mit immer neuen Spielen zu beruhigen. Aber der streikte und stieß bei seinem bockigen Herumgezappel an den frisch geschienten Arm seines Nachbars. Der zuckte kurz zusammen und presste in Richtung der ansehnlichen jungen Mutter, die sich artig für ihren Sohn entschuldigte, zwischen den Zähnen ein Gemisch aus Schmerz und männlicher Stärke hervor: »Macht doch nichts, so sind eben die Kinder!« Danach hielt er aber doch für längere Zeit die Luft an und ließ sie erst nach einiger Zeit mit verdrehten Augen wieder stoßweise entweichen. Vorsichtshalber brachte er danach seinen geschundenen Arm in Sicherheit und legte den gesunden schützend darüber. – Freundliche Notlügen taugen eben doch nur für den Augenblick!
Einige der sichtbar lädierten Patienten rückten mit einer wichtigen Miene ihre Verletzungen gekonnt ins Rampenlicht und deuteten damit die Grenzen der menschlichen Leidensfähigkeit an. Ihre Gesichter vermittelten dabei die Botschaft: Auch Schmerzen sind teilbar – also bedauert mich gefälligst! Wenn der Anlass nicht so mitleiderregend gewesen wäre, hätte man laut lachen können. Doch selbst die beste Theorie hat irgendwo einen »Pferdefuß«. Das bewies eine Frau, die geduldig ihren rechten Arm abstützte, den ein außerirdisch anmutendes Drahtgestell mit vielen langen Stellschrauben zierte. Wahrscheinlich war es ein komplizierter Bruch, doch sie wirkte trotzdem ruhig und gelassen, als wollte sie unbedingt meine Theorie widerlegen.
Ich schämte mich fast ein wenig, dass ich in dieser Hinsicht nichts Aufregendes zum Vorzeigen hatte, nicht einmal ein

bisschen Blut am Verband. Aber zumindest war mein schön weiß eingewickelter Arm ein Merkmal für die Zugehörigkeit in dieser illustren Runde.
Einige der Wartenden betätigten sich zur Überbrückung der Zeit als Dauerleser der vorhandenen zerfledderten Zeitschriften, die offenbar schon Generationen von Kranken vor ihnen in den Händen gehalten hatten. Das hinderte sie aber nicht daran, die verklebten Seiten todesmutig immer wieder mit ihren angeleckten Fingerspitzen umzublättern. Ob das Mut oder Leichtsinn war, konnte ich nicht enträtseln.
Durch meine umfangreichen Beobachtungen war die erste Stunde wie im Flug vergangen und inzwischen hatte ich auch einen Sitzplatz ergattert. Ein junges Mädchen mit einem bauchfreien Oberteil hatte zur Erhaltung dieser »Gegend«, die nicht einmal genügend Platz für Bauchschmerzen bot, offenbar nicht gefrühstückt, denn ihre Bauchmusik war nicht zu überhören. Zum Glück kam wenigstens kein Trompetensolo dabei vor. Der ältere Mann, dem vorher beim Kurzschlaf eine Krücke aus der Hand gefallen war, bot dem errötenden Teenager daraufhin eine kostenlose Ernährungsberatung an. – »Mädchen, du musst wieder mal was essen!«, meinte er gönnerhaft. Vorläufig schluckte sie aber nur tapfer diese Bemerkung hinunter.
Ich tarnte meine alarmierenden Knurrgeräusche in der Magengegend, indem ich den Stuhl etwas verrückte, eine Zeitung vom Tisch nahm und lauter als nötig mit den Seiten raschelte. – Erfahrungswerte sind eben nicht zu unterschätzen!
Die beiden mitteilsamen Frauen entschärften die Situation noch zusätzlich, indem sie ihr unterbrochenes Gespräch

wieder aufnahmen. – »Jetzt ist erst mal eine halbe Stunde Frühstückspause, da geht gar nichts mehr!«, bemerkte eine der beiden. Wie auf Kommando schauten alle sofort auf die Uhr. Prompt kramte auch die streitbare »Rosarote« wieder in ihrer Tasche. Das zweite Frühstück stand an.
Die zweite Stunde verlief ähnlich wie die erste, nur das die redseligen Gesprächspartnerinnen jetzt bei ihrer Öffentlichkeitsarbeit die Zuhörer verstärkt mit intimen privaten Details erfreuten. Leider wurde dann mitten in einer ausgiebigen Detailschilderung eine der Akteurinnen in die Praxis gerufen. – Schlechte Abstimmung, schade! War die Tochter nach ihrem Seitensprung nun schwanger oder nicht? Die Antwort darauf sowie andere interessante Einzelheiten blieben damit ungeklärt und der Fantasie jedes Einzelnen überlassen.
Im Verlauf der dritten Wartestunde hatte ich dann plötzlich den Eindruck, dass meine untere Körperhälfte langsam abzusterben drohte, weil der rote Lebenssaft durch den künstlichen Stau an der harten Stuhlkante stark in seiner Reisefreiheit eingeschränkt war. In der DDR waren es früher weniger die Stuhlkanten, die eine Durchlässigkeit verhinderten, sondern mehr die geschlossenen Grenzen, die für böses Blut sorgten. Das wollte ich auf meinem Stuhl nicht riskieren und rutschte vorsichtig in eine andere Sitzposition. Nachdem ich diese Rutscherei mehrmals in verschiedenen Varianten praktiziert hatte, wurde ich dann schließlich auch irgendwann mal aufgerufen.
Die Behandlungszeit war kurz, aber lehrreich. – »Der Bruch sieht gut aus!«, meinte die Ärztin und schon stand ich nebenan im Verbandszimmer. Der Aufwand hatte beim armen Kassenpatienten in einer langen Materialschlacht wieder

einmal über den Nutzen triumphiert. – Es lebe die Privatversicherung und die kleinen Unterschiede! Dass nicht alle gleich behandelt werden, bekam ich dann in abgewandelter Form noch mal zu spüren, als mir von der netten jungen Schwester zur Auffrischung eine Tetanusspritze verabreicht wurde. Ich musste dafür die Hosen runter lassen, während bei dem Opa vor mir der Arm ausgereicht hatte. – Scheinbar bin ich doch noch nicht zu alt für solche Scherze, was mir eigentlich schmeicheln müsste.
Als ich mich dann nach mehr als drei Stunden aus diesem abwechslungsreichen Kulturprogramm ausblendete und von den zurückbleibenden Laiendarstellern mit einem artigen »Auf Wiedersehen!« verabschiedete, tat es mir fast ein bisschen leid. So gesehen sind die zehn Euro »Eintrittsgeld« für ein solches unterhaltsames Spektakel eigentlich durchaus sinnvoll und auch angemessen. Wer allerdings als Kranker ein »Kulturbanause« ist, der wird von diesen finanziellen Tiefschlägen ganz schön hart getroffen.

Doktorspiele

Schon in frühen Kindertagen
sich die kleinen Racker fragen,
wie der Klapperstorch das machte,
als er sie den Eltern brachte.

Deshalb sind beliebt für viele
die altbekannten Doktorspiele,
bei denen Mädchen und auch Knaben
Freude am Entdecken haben.

Ganz allein zu Bildungszwecken
treffen sie sich hinter Hecken
ohne Helferschar in Weiß –
ein Lächeln reicht als Praxispreis.

Auch später dann im wahren Leben
wird es solche Spielchen geben,
doch dann auf eine neue Weise –
auch bezüglich ihrer Preise.

Alles wird genau taxiert,
weil jeder nach Gewinnen giert,
selbst der Abschied von der Welt
kostet eine Menge Geld.

Bis hin zum alten Tattergreis
holt man sich Rat beim »Gott in Weiß«
und hilft beim Kauf von Pharmapillen
die Konten der Konzerne füllen.

Gesundheit wird zum Ringelspiel,
dreht sich im Kreis und kostet viel
und hält im Lauf ganz plötzlich an,
wenn man nicht mehr bezahlen kann.

So kommt es, wie es kommen muss,
mit Doktorspielen ist bald Schluss,
weil sich im Leben mancher dann
das Spielchen nicht mehr leisten kann.

Eintrittspreise

Im Theater unseres Lebens
hofft der Zuschauer vergebens,
dass sich auf Wunsch der Vorhang hebt
und kostenfrei nach oben schwebt.

Bereits beim kleinsten Possenstück
kostet schon ein kurzer Blick,
dann kommt auch noch der Hauptakteur
mit einem Hut zum Sammeln her.

Für jede Leistung steht ein Preis,
wie inzwischen jeder weiß,
doch ein Rahmen muss ihn fassen
und darf sich nicht verbiegen lassen.

Dann haben wir vielleicht auch Glück
und sehen ein Theaterstück,
wo eine Tat der Menschlichkeit
nicht gleich nach schnödem Mammon schreit.

Alter schützt vor Torheit nicht

Es trafen sich in dunklen Winkeln
zwei alte Männer einst beim Pinkeln,
weil der zu starke Biergenuss
arg drückte auf den Überfluss.

Denn schon nach einer Flasche Bier
muss man entsorgen derer vier
und der Begleiter bei dem Gang
ist oft ein stolzer »Lobgesang«.

Einer wollte dabei wetten,
dass sie bestimmt den Druck noch hätten
wie eist vor vielen Lebensjahren,
als sie noch jung und trinkfest waren.

Auch kindlich mit dem Strahle spielen
oder auf leere Dosen zielen
bei einem Weitpinkelgefecht,
das wäre doch bestimmt nicht schlecht.

Der andere nahm die Wette an,
worauf er gleich damit begann,
sich die Hose aufzureißen
um dem Druck den Weg zu weisen.

Aber trotz der größten Mühe
landete die warme Brühe
nur an seinem Hosenbein
und drang auch in den Schuh hinein.

Worauf der zweite »Pinkler« lachte,
als er flink ans Werk sich machte
und spreizte helfend noch ein Bein,
denn er wollte Sieger sein.

Doch kaum hat er sein Werk begonnen
hat der erste schon gewonnen,
denn er kam nicht halb so weit
in der vorgegebenen Zeit.

Es landete die ganze Soße
fehlgeleitet in der Hose,
so endete das Trauerspiel
mit einem feuchten Schamgefühl.

Moral:
Kunstvoll pinkeln oder singen
kann man leider nicht erzwingen
und des Lebens Richter spricht:
Alter schützt vor Torheit nicht!

Die Hoffnung stirbt zuletzt

Unser Gesicht ist eines von den ganz persönlichen Aushängeschildern, die fremden Menschen einen ersten Eindruck von uns vermitteln. Ist es ungepflegt, dann wird meistens auch gleich die gesamte Person so bewertet.
Mit dem Antlitz eines Staates verhält es sich ähnlich. Zeigen sich in diesem Staatsgesicht einmal auffällige soziale Pickel oder andere hässliche Auswüchse der Politik, dann wird auch hier das gute Aussehen getrübt. Meistens wird dann

erst mal versucht, diesen Zustand zu verharmlosen oder mit kosmetischen Mitteln zu übertünchen. Damit schieben die Verursacher jedoch die ungelösten Probleme nur vor sich her wie ein Skarabäus eine Kugel aus Exkrementen. Während dieser Käfer die Mistpille immerhin noch für die Fortpflanzung seiner Art nutzt, trifft bei den Menschen eher das Gegenteil zu. Weil ein Staat aber immer nur so stark wie sein schwächstes Glied ist, muss er im eigenen Interesse solche Schwachstellen schleunigst beseitigen, damit am Ende nicht beide zu Verlierern werden.

Wer sind eigentlich diese menschlichen Außenseiter, die immer wieder durch die viel zu großen Maschen des sozialen Netzes rutschen? – Wir müssten sie eigentlich kennen. Es sind meistens diejenigen, die schon immer abseits standen, über die wir alle schon mal abfällig geredet oder gelacht haben. Immer häufiger scheitern aber auch welche an den spitzen Ecken und Kanten der Gesellschaft, von deren es eigentlich keiner erwartet hätte. Sie alle verschwinden dann irgendwo in den unübersichtlichen Tiefen des sozialen Gefälles. Einige geben nicht kampflos auf und versuchen, Schritt für Schritt wieder den Aufstieg zu schaffen. Mit einem solchen Menschen kam ich einmal indirekt in Berührung.

Als naturverbundener Mensch bin ich zur Pilzzeit häufig in den umliegenden Wäldern zu finden. Dort lege ich meinen Alltagsschalter um und genieße die Einsamkeit. Das ist erholsam und ergibt nebenbei noch eine schöne Mahlzeit, wenn man sich nicht von den farbenprächtigen Rotköpfen mit den weißen Punkten oder durch Pilze suchende Großfamilien ablenken lässt, die sich ständig gegenseitig ihre Standorte und Fundergebnisse zubrüllen.

Manchmal sind neben den leckeren Früchten des Waldes

auch noch ganz andere »Früchtchen« zu entdecken. Dabei tritt man ab und zu nicht nur auf zwanglos umherliegende Liebespaare, sondern leider immer öfter auch auf illegal entsorgten Hausmüll.

Zu den überraschendsten Dingen, die jemals im Dickicht des Waldes vor meinen Augen auftauchten, gehörte einmal eine kleine fensterlose Hütte mit einer Feuerstelle aus großen Feldsteinen. Nach einer Schutzhütte für Waldarbeiter sah sie nicht aus. Als ich nach einem fragenden »Hallo?« keine Antwort erhielt, entschloss ich mich dazu, das geheimnisvolle Bauwerk vorsichtig zu erkunden.

Als Baumaterial für diese seltsame Residenz war ein Gemisch aus den Naturprodukten des Waldes und einem Sperrmüllcontainer verwendet worden. Das Gerippe bestand aus dünnen Baumstämmen, die mit biegsamen Zweigen sorgfältig ausgeflochten und außen mit Plastikfolien abgedeckt waren.

Als ich durch die Tür ins Innere der Hütte schaute, fiel mein Blick sofort auf eine breite Liegefläche, die den Hauptteil des Raumes einnahm und offenbar auch als Tisch genutzt wurde. Sie war aus straff miteinander verbundenen Stangen zusammengefügt, die auf einer festen Pfahlkonstruktion ruhten. Darauf lagen zwei zusammengefaltete Decken. Im Stauraum darunter standen ein alter Hocker, ein Wasserkanister, eine Stiege mit Kartoffeln und eine weitere mit verschiedenen Obst- und Gemüsesorten, die wohl kaum aus einem Laden stammten. Von der Decke baumelten säuberlich aufgereiht etliche Maiskolben und eine alte Laterne mit einem abgebrannten Kerzenstummel. An den Wänden, die größtenteils mit alten Teppichen verkleidet waren, hingen einige Kleidungsstücke und in einem Bretterregal lagen

Geschirrteile, allerhand nützlicher Krimskrams sowie einige persönliche Dinge. Alles wirkte auf mich irgendwie solide und durchdacht.
Der Rundgang meiner Blicke war schon fast beendet, als ich an der Innenseite der Tür noch ein kleines weißes Emailleschild mit der Aufschrift »KEIN AUSSTIEG« entdeckte. Ich wollte den unbekannten Hüttenbewohner schon als Spaßvogel abstempeln, als ich beim genaueren Hinsehen darunter noch eine handgeschriebene Ergänzung erkannte. Mit drei kurzen Wörtern war da eine Lebensauffassung angefügt worden, die mir etwas vom Wesen dieses Menschen vermittelte. – »AUS DER HOFFNUNG!« stand darunter. Das imponierte mir sofort, weil sich der Schreiber offensichtlich nicht mit seiner derzeitigen Situation abfinden wollte.
Als Kinder hatten wir uns zum Spielen ähnliche Hütten gebaut. Aber das da war kein Spiel, sondern bitterer Ernst. Hier lebte jemand nicht aus purer Abenteuerlust, sondern als Robinson wider Willen, der seine Brücken zur Umwelt vorübergehend abgebrochen hatte.
Getrieben von dem unguten Gefühl, dass ich dieses persönliche Rückzugsgebiet nicht respektiert hatte und aus purer Neugier dort eingedrungen war, verließ ich diese Hütte eiliger als ich hineingegangen war und ging wieder meines Weges.
Als ich nach einiger Zeit wieder am Waldrand angekommen war, ging gerade in der Nähe ein Mann im mittleren Alter mit festen Schritten auf den Wald zu. Er trug eine alte Armeejacke, verwaschene Jeans und derbe Lederschuhe. Ein gefüllter Rucksack wippte im Takt der Schritte auf seinem Rücken auf und ab. Ohne sich umzuschauen, rief er mit zwei kurzen Pfiffen einen Schäferhund an seine Seite, den ich

vorher gar nicht bemerkt hatte, und verschwand mit ihm zielstrebig in Richtung der Waldhütte.
So etwa hatte ich mir den Menschen vorgestellt, der für alle seine Habseligkeiten einen passenden Platz in der Hütte gefunden hatte, für sich selbst aber den richtigen noch suchte. Nicht alles, was wir finden, löst positive Empfindungen aus. Oft wissen wir auch nicht auf Anhieb, was wir damit anfangen sollen. Doch hier hatte ich bei meiner Pilzsuche ganz nebenbei noch etwas entdeckt, was mir trotz der wenig erfreulichen Umstände ein gutes Gefühl vermittelte. Es bestärkte mich in meiner Lebensauffassung, dass man sich auch in einer scheinbar ausweglosen Lage nicht aufgeben sollte, sondern versucht, noch das Beste daraus zu machen. So wahrt man sein Gesicht und behält seine Menschenwürde. Selbst wenn man seine »Hose« einmal ganz herunter lassen muss, dann gibt es sogar noch eine Würde in »Unterhosen«.
Was fängt man nun persönlich mit einem solchen Erlebnis an? Mischt man sich ein oder akzeptiert alles, so wie es ist? Angesichts solcher unbefriedigender Einblicke in die weit geöffnete unterste soziale Schublade im eigenen Land sowie der ärmsten Länder der Welt und der gleichzeitigen neidvollen Ausblicke in die oberen gesellschaftlichen Regionen sollten wir den Überblick nicht verlieren. Aus dieser Sicht ist es jedoch oft gar nicht so einfach, sich selbst richtig einzuordnen und eine innere Zufriedenheit zu erreichen. Dabei ist es gerade dieser Zustand, der aus einer halbwegs gesicherten Lebensposition jenseits von Raffgier und Korruption den Grundgedanken der Menschlichkeit wieder etwas aufwerten kann. Also müssen wir zuerst bei uns beginnen, wenn wir anderen helfen wollen.

Stolpersteine

Sind die Gedanken vogelfrei,
dann schweben sie in lichte Höhen
und suchen den geheimen Ort,
wo Wunschträume entstehen.

Dieses Spiel mit den Gefühlen
entfesselt sie für kurze Zeit,
verzaubert uns mit einem Lächeln,
das vom Alltagsdruck befreit.

Es schenkt uns einen Höhenflug
ans Ende dieser Welt,
wo leider bei der harten Landung
oft der schönste Traum zerschellt.

Dann liegt er da als Stolperstein,
den das Schicksal hat verstreut,
um die Hoffnungen zu dämpfen,
bei unserer Reise durch die Zeit.

Dieser Stein behindert jeden,
der unbedacht die Schritte lenkt
und bringt ihn immer dann zum Stolpern,
wenn er bestimmt nicht daran denkt.

Räumen wir ihn aus dem Weg,
dann können wir den Neustart wagen
auf den Schwingen unserer Träume,
die uns erneut nach oben tragen.

Lagebestimmung

Die Wege ins Leben haben oft einen sehr eigenwilligen Verlauf und halten dazu noch viele Hindernisse bereit. Häufig müssen wir uns mit dem ohnehin schon schweren Reisegepäck erst durch dichtes Gestrüpp aus individuellen und gesellschaftlichen Unwegsamkeiten kämpfen. Das lenkt uns ab und wir bemerken dabei nicht, dass uns ständig jemand hinterher schleicht und wie einem Packesel immer neuen Ballast aufbürdet. Trotzdem gehen wir aus alter Gewohnheit Schritt für Schritt unseren Weg weiter unc werden im Laufe der Zeit diesem Grautier im Wesen und sogar im Aussehen immer ähnlicher. Aber tief im Inneren schlägt es noch immer – das Löwenherz, das uns nicht aufgeben lässt. Selbst wenn wir nicht mehr so flink wie ein Wiesel sind und auch nicht mehr die scharfen Augen eines Falken haben, der eine Maus noch in einer großen Entfernung wahrnehmen kann – ein »Mäuschen« erkennen selbst alte Esel noch ohne Brille!

Diese Altersgruppe wird leider viel zu schnell dem alten Eisen zugeordnet, obwohl sie trotz einiger kleiner Nachteile auch etliche Vorteile zu bieten hat. So kommt zum Beispiel momentan noch regelmäßig jeden Monat die Rente ins Haus geflattert und nimmt damit den Druck von uns, unbedingt etwas zu einem bestimmten Termin schaffen zu müssen. Wenn wir uns doch weiter abrackern, dann ist es meistens eine freiwillige Zugabe.

Mit dem zunehmenden Alter ist oft auch eine Wertsteigerung verbunden – nicht nur wegen der Summe unserer menschlichen Jahresringe, den angesammelten Lebenserfahrungen oder materiellen Werten, sondern auch durch die vielen künstlichen Implantate aus wertvollem Edelmetall. Letzteres scheint aber leider doch nur für die Altmetallhändler von Interesse zu sein und nicht für die meisten Arbeitgeber. Die scheinen von den Werten der älteren Generation nicht so sehr überzeugt zu sein, denn sie wollen möglichst nur zwanzigjährige Arbeitnehmer mit einer vierzigjährigen Berufserfahrung haben. Alter schützt vor Torheit nicht! – Das behauptet jedenfalls ein Sprichwort. Aber wer das Alter vor der Torheit anderer schützt, darüber muss erst noch ein Spruch erfunden werden.

Trotz vieler Bemühungen, das Alter zu überlisten, ist den meisten schon klar, dass der Zahn der Zeit an ihnen nagt und sie das kaum noch verbergen können. Wenn dann auch noch die lieben Mitmenschen diesen Zustand mit mehr oder weniger sensiblen Äußerungen gewaltsam ans Tageslicht zerren, dann ist das besonders für unsere Frauen ein geeigneter Zeitpunkt, um in Panik zu verfallen. Wir Männer sehen diesen Zustand mehr als Herausforderung an.
Die letzte Selbstbestätigung dieser Art startete ich im Rahmen meiner zeitweiligen Nebentätigkeit als »alter Esel« auf »Inline-Skatern« und musste dafür einen Bruch des Handgelenkes in Kauf nehmen. – Kann passieren, Schwamm drüber! Seitdem bin ich bei meinen Bemühungen im Kampf gegen das Alter und das Dickenwachstum zwar nicht wesentlich schlauer, aber doch ein bisschen »wachsamer« geworden. Trotzdem »schlafen« mir als Folgeerscheinung jetzt öfters die Finger ein und die Hand wird »dick«. – Verkehrte Welt!
In solchen Momenten schlägt die Stunde der Familie, die mahnend ins Geschehen eingreift. – »Denkst du auch manchmal daran, wie alt du bist?«, muss ich mir dann öfters anhören, wenn ich wieder einmal die alterstypischen Normen ignoriert habe. – Warum werden einem bloß immer die Lebensjahre zum Stolpern vor die Füße gelegt? Außerdem gibt es ja auch noch wesentlich ältere »unverbesserliche Kämpfer«, die als Vorbild durch die Gegend »joggen«. Manche junge Leute haben doch bereits größere Probleme damit, überhaupt einmal so alt zu werden, wie sie schon aussehen.
Letztlich ist jeder immer nur so alt, wie er sich fühlt und Herausforderungen sind an kein bestimmtes Alter gebun-

den. Sollten die Gefühle doch einmal mehr versprechen als sie halten können, so ist das längst noch kein Grund zum Verzweifeln. Erst wenn sich auch der letzte frische Tautropfen auf unserem Kopf in Angstschweiß verwandelt und lustlos ohne anzuhalten durch die Falten des Körpers bis zum Erdboden abwärts rinnt, dann wird es wirklich langsam bedenklich.

Bis dahin braucht sich niemand vor großen Zahlen zu fürchten. In einem Skatspiel hat man zum Beispiel erst dann gewonnen, wenn man die »Sechzig« überschritten hat. Wer dabei noch die »Buben« und »Damen« zielgerichtet einsetzt, kann dieses Spiel sogar noch höher »ausreizen« und einige »Stiche« mehr herausschinden. Selbst die »Luschen« entscheiden in diesem Spiel noch mit darüber, wer am Ende zum »König« oder »Ass« gekürt wird. Wenn alles glatt läuft, kann die Gewinnsumme so nach oben geschraubt werden, dass man auch seinen »Mitspielern« noch etwas davon abgeben kann.

Wenn allerdings jemand lieber Kartenhäuser baut, dann sollte er sehr vorsichtig sein, denn die sind wie Luftschlösser und fallen leicht in sich zusammen.

Bei allem Optimismus wird aber sogar mir langsam klar, dass fast alle Revolutionen in der Jugend stattfinden und wir uns im vorgerückten Alter meistens nur noch mit ihren Folgen auseinandersetzen müssen.

Zum Glück gibt es in fast allen Lebenslagen auch viele humorvolle Ansatzpunkte, die unser Leben auflockern. Sie sind ebenfalls an kein bestimmtes Alter gebunden und helfen besonders gut bei der Beseitigung von hartnäckigen zwischenmenschlichen Verstopfungen. Solche lustigen Muntermacher können bei Bedarf sogar als Ergänzung zur Nah-

rung eingenommen werden, wenn sie nicht als körpereigene Bausteine vorhanden sind.
Wenn wir nicht nur den vordergründigen, sondern auch den versteckten Humor im Hintergrund genießen wollen, dann müssen wir uns allerdings die Mühe machen, hinter die Fassade zu schauen. Nur so können wir ihn entdecken und auch verstehen. Das schärft gleichzeitig auch den Blick für alle anderen Hintergründe des Lebens und hält dabei die Sinne wach. Wenn wir diese Fähigkeit nicht verkümmern lassen, dann belohnt sie uns dafür mit lustigen Lachfältchen, anstatt mit griesgrämigen Sorgenfalten und schenkt uns auch im Alter noch einen Abglanz von jugendlicher Frische.
Allerdings sollte niemand im Überschwang solcher Gefühle gleich leichtfertig auf seinen Rentenanspruch verzichten, weil sonst die persönliche »soziale Lage« leicht in eine »finanzielle Schieflage« geraten könnte. Darüber macht man normalerweise eigentlich keine Scherze, doch mich reizt so ziemlich jede »Lage« zu einem Kommentar oder zu bildhaften Wortspielen. Deshalb lasse ich natürlich auch diese Gelegenheit nicht aus.
Ich war beispielsweise als Fetus eine »Steißlage«, befand mich als junger Hüpfer zeitweise in einer »wirren Gefühlslage« und zum Glück bisher noch nie in einer »sozialen Notlage«. Nachts schlafe ich meistens in einer »stabilen Seitenlage«, kenne natürlich auch »andere Lagen«, die aber im Moment nicht zur Diskussion stehen. In meiner Eigenschaft als Buchautor suche ich geeignete »Verlage« und warte als Rentner trotz einer »kleinen finanziellen Rücklage« meistens vergebens auf eine »Zulage«. Am meisten freue ich mich aber über jeden, der seine »persönliche Lebenslage« ebenso entspannt und locker sehen kann wie ich.

Doch selbst der beste Humor ist nur ein Hilfsmittel zur Bewältigung des Lebens und bewahrt uns nicht vor schlechten Erfahrungen. Deshalb sollten wir wenigstens darauf achten, dass von den guten nichts verloren geht.
Auch die Zeit lässt sich trotz aller Bemühungen nicht überlisten, deshalb haben wir mit ihr so unsere liebe Not. Mal rennt sie uns übermütig mit Siebenmeilenstiefeln davon, dann kriecht sie absichtlich wieder langsam wie eine Schnecke. Damit stellt sie unsere Geduld auf die Probe und tut dabei so, als könnte sie tun und lassen, was sie wollte und müsste sich nicht nach dem Lauf der Erde um die Sonne richten.
Diese gefräßige Zeit hat große Ähnlichkeit mit einer dicken russischen »Matrjoschka-Puppe«, die nacheinander ihre kleineren Geschwister verschluckt wie ein Jahr die aufeinanderfolgenden Monate und sie in ihrem dicken Kugelbauch gefangen hält. Weil dieser Vorgang beliebig wiederholbar ist, wird er auch oft zum Wunschbild für unsere Lebensträume. Eine solche Wiederholbarkeit möchten wir ebenfalls gerne für uns in Anspruch nehmen. Die Endlosigkeit bleibt aber nur den Märchen vorbehalten, die niemals altern, und bis zu einem gewissen Grad auch dieser Puppe, die wohl gerade deshalb solche Wünsche schadenfroh mit ihrem bunt lackierten Lächeln quittiert. Wir sind gut beraten, wenn wir uns nicht an diesen neckischen Spielen beteiligen und uns im Gegensatz zu den »Gesellschaftsspielen« der Politik ruhig und ohne Hast ihrer Diktatur unterwerfen.
Die meisten Menschen haben auch gelernt, wie sie damit umgehen müssen. Mir gelingt das selbst nach so vielen Jahren immer noch nicht richtig, denn mein zweiter Name ist »Ungeduld«. Ich möchte alles möglichst rasch erledigen und

Ergebnisse sehen. Es gibt ja noch so viel zu tun und ich weiß nicht, wie viel Zeit noch vor mir liegt. – Der Blick zurück ist inzwischen schon wesentlich länger als der nach vorn. Und außerdem bleibt noch genügend Zeit zur Ruhe, wenn der »Deckel« erst einmal zu ist.

Unabhängig von der physikalischen Größe »Zeit« hat jeder Mensch noch eine »persönliche Zeit« zur Verfügung, für die er selbst verantwortlich ist. Die sollten wir so nutzen, dass sie nicht ergebnislos verstreicht, sondern sinnvoll für die Erfüllung der eigenen Bedürfnisse genutzt wird. Wenn wir sie als »Auszeit« in Anspruch nehmen, dann können wir uns damit vom fordernden Alltag wieder einen Teil des Tributes zurückholen, den wir bereits an ihn bezahlt haben.

Alter und Jugend werden von der Politik leider immer häufiger gegeneinander ausgespielt. Um solchen Erscheinungen entgegen zu wirken, sollten wir wieder mehr gemeinsame Brücken ins Leben errichten und dort aufeinander zu gehen. In diesen luftigen Höhen hat man auch gleichzeitig einen guten Überblick ins Leben.

Ich schlendere gern über solche Verbindungswege und genieße die Aussicht. Manchmal stapfe ich dabei auch herausfordernd mit den Füßen auf, um die Haltbarkeit zu testen. Da bleibt es nicht aus, dass ich mich ab und zu ganz schnell mal unten wiederfinde und mich erst mühsam wieder hocharbeiten muss.

Wer bei seinen Bemühungen trotz aller Vorsicht einmal strauchelt und nach unten fällt, der sollte diese unverhoffte Gelegenheit dazu benutzen, um sich auch die Kehrseite genau einzuprägen. Dort sind nämlich meistens ganz andere Wahrheiten verborgen als wir sie von oben her kennen.

Sie helfen uns dabei, wieder Dinge zu schätzen, die längst in Vergessenheit geraten waren.
Mit solchen persönlichen Ausblicken auf das Leben können auch im Alter wieder neue Brücken gebaut und die alten begehbar gehalten werden.
Unser Blick auf das Leben erfolgt jedoch nicht nur durch die individuellen Raster unserer »Jahresringe«, sondern auch durch ein politisches Prisma, das ihn mit seinen ständig wechselnden Facetten brechen und völlig verändern kann. Dadurch erscheint uns sogar das Bild des deutschen Waldes in einem anderen Licht, weil es sich durch die Machenschaften der Politik und durch selbstverschuldete Einflüsse immer wieder verändert. Neben zaghaften Aufforstungen sind auch die Kahlschläge ganzer Gebiete zu erkennen. Die jungen Bäumchen wachsen in diesem geschädigten Lebensraum nur spärlich nach und können die entstandenen Lücken kaum auffüllen. Deshalb reckt uns der »alte deutsche Lindenbaum« besorgt seine Äste entgegen, als wolle er uns sein Vermächtnis weitergeben und damit an die Verantwortung für die Gestaltung der Zukunft erinnern.
Schon Heinrich Heine äußerte sich im Jahre 1843 in dem politischen Zeitgedicht »Nachtgedanken« besorgt über die unbefriedigende Situation in Deutschland mit den Worten: – »Denk ich an Deutschland in der Nacht, dann bin ich um den Schlaf gebracht …«.
Hat sich bis heute so wenig verändert?
Auch wenn wir nicht gleich den Teufel an die Wand malen sollten, wachsam müssen wir schon sein!